PLVS
D'EFFETS
QVE
DE PAROLLES.

Nouuelle Quatriesme,

DE Mʳ SCARRON.

A PARIS,

Chez ANTOINE DE SOMMAVILLE,
au Palais, sur le deuxiéme Perron
allant à la Sainᶜᵗᵉ Chappelle,
à l'Escu de France.

M. DC. LVII.

Auec Priuilege du Roy.

A MONSIEVR

DE L'ORME,

CONSEILLER DV ROY

EN SES CONSEILS,

GRAND AVDIANCIER, &c.

ONSIEVR,

Le petit Liure que ie vous dedie vous est bien deû à cause de son titre : on trouue tousiours en

ã ij

vous plus d'effets que de parolles, & vous faites tousiours plus que vous ne dites. Ie le sçay par moy mesme, & que vous estes un des plus obligeans hommes du monde; & ie sçay par les autres que vous auez fait reuiure la bonne foy dans le Conseil, & que depuis que la Surintendance se soulage sur vous du grand poids de ses affaires, vous les acheuez plustost que ceux qui vous ont deuancé dans le mesme employ ne les auoient conceuës, & vous en faites plus en vn mois qu'ils n'en faisoient en vne année. I'ay peur de vous loüer trop à vostre gré, quoy qu'au mien ie ne le

puisse iamais assez faire. On
ne sçait comment viure auec les
personnes qui vous ressemblent,
& qui ont beaucoup de modestie : on fatigue la leur si on
publie leur merite, & si on
s'empesche de le publier, on ne
leur fait pas justice. Ie pense
pourtant trouuer icy vn milieu ;
ie vous feray grace de tout ce
que m'inspire à vostre loüange
la connoissance que i'ay de ce
que vous vallez, & la recon-
noissance que ie dois auoir des
obligations que ie vous ay, &
ie ne diray pas icy tout ce que
ie pourrois dire sur vn si ample
sujet : mais ie vous prie de croi-

re que ie me fay en cela vne
grande violence, & que ie fuy
vne forte inclination quand ie
fuis paſſionnément,

MONSIEVR,

Voſtre tres-humble & tres-
obeïſſant feruiteur,
SCARRON.

A MONSIEVR
DE LORME.
MADRIGAL.

ON voit assez de gens d'vne vertu commune
    Aimez de la Fortune,
V'ser mal du credit que cette Deïté,
Leur donne bien souuent sans l'auoir merité.
   Mais d'Amis genereux, sinceres,
Que le merite esleue aux plus grãdes affaires,
  Et dans ces emplois importans
Qui gardent leur vertu contre les meurs du
    temps,
   DE LORME il n'en est gueres.
Des malheureux estre l'appuy,
Sans tirer vanité de ses bontez secrettes;
Estre prompt en tout tẽps au seruice d'autruy,
C'est ce que ne font pas les hommes d'au-
    jourd'huy,
  Et c'est pourtant ce que vous estes.
              SCARRON.

Extraict du Priuilege du Roy.

PAr grace & Priuilege du Roy, en datte
du 23. Avril 1655. signé par le Roy en son
Conseil BERAVD, registré sur le Liure de
la Communauté le 27. Avril audit an, il est
permis à ANTOINE DE SOMMAVILLE
Marchand Libraire à Paris, d'imprimer ou
faire imprimer *Les Nouuelles Tragicomiques*
tournées de l'Espagnol en François, par le sieur
SCARRON, pendant le temps & espace de
neuf ans, à compter du iour que chaque
Nouuelle sera acheuée d'imprimer pour la
premiere fois, auec inhibition, & deffen-
ces à tous autres de les imprimer ou faire
imprimer, vendre & debiter sans le consen-
tement dudit SOMMAVILLE, à peine de
quinze-cens liures d'amende, & de tous
despens, dommages & interests; ainsi qu'il
est plus au long mentionné esdites Lettres
qui sont en vertu du present Extraict te-,
nuës pour deuëment signifiées.

Acheué d'imprimer le 30. May 1657.

Le Exemp laires ont esté fournis.

PLVS

PLVS D'EFFETS

QVE DE PAROLLES.

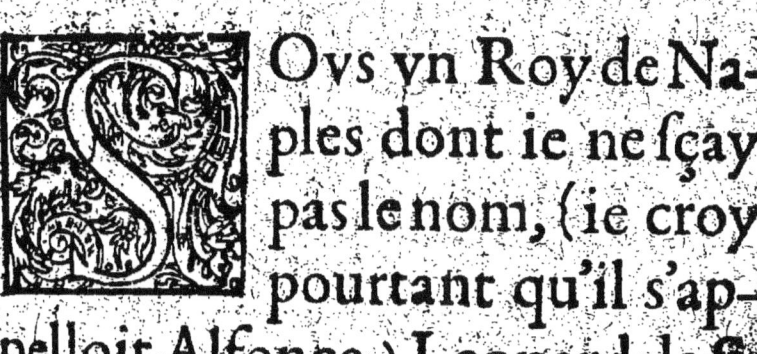 **S**OVS vn Roy de Naples dont ie ne ſçay pas le nom, (ie croy pourtant qu'il s'appelloit Alfonce,) Leonard de S. Seüerin Prince de Tarente, fut vn des plus grands Seigneurs de ſon Royaume, & vn des meilleurs Capitaines de ſon temps. Il mourut, & laiſſa ſa Principauté de Tarente à ſa

A

fille Matilde ieune Princeſſe de
l'aage de dix-ſept ans , belle
comme vn Ange, & auſſi bonne
que belle; mais d'vne bonté ſi
extraordinaire , que ceux qui
n'euſſent pas ſçeu qu'elle auoit
de l'eſprit infiniment, l'euſſent
ſoupçonnée de n'en auoir guere. Son pere long-temps auant
ſa mort l'auoit promiſe en mariage à Proſpere Prince de Salerne. C'eſtoit vn homme d'vne
humeur fort altiere & fort
faſcheuſe, & la douce & tran-
quille Matilde , à force de le
voir & d'en endurer, s'eſtoit ſi
bien accouſtumée à l'aimer & à
le craindre , que iamais Eſclaue

n'a plus dépendu des volontez
d'vn Maiſtre, que faiſoit cette
ieune Princeſſe de celles du
vieil Proſpere : car on peut bien
appeller ainſi vn homme de
quarante cinq ans aupres d'vne
perſonne auſſi ieune qu'eſtoit
Matilde. L'amour qu'elle auoit
pour cét Amant ſuranné ſe
pouuoit appeller vne amour
d'accouſtumance pluſtoſt que
d'inclination, & eſtoit auſſi ſin-
cere, que celle qu'il auoit pour
elle eſtoit interreſſée. Ce n'eſt
pas qu'il n'en fuſt amoureux,
autant qu'il le pouuoit eſtre, &
en cela il ne faiſoit rien qu'vn
autre n'euſt fait auſſi bien que

luy, puis qu'elle estoit toute
aimable; mais de son naturel
il n'estoit pas capable d'aimer
beaucoup, ny de considerer en
vne personne qu'il auroit ai-
meé, le merite & la beauté plus
que les richesses. Aussi se prit-
il tousiours fort mal à faire l'a-
mour à Matilde; & fut pourtant
si heureux, ou plustost elle fut
si facile à contenter, qu'encorè
qu'il n'eust pas pour elle tout le
respect & toute la complaisance d'vn homme qui sçait bien
aimer, il ne laissa pas de se rendre Maistre de son esprit, & de
l'accoustumer à ses mauuaises
humeurs. Il trouuoit à redire à

toutes ſes actions, & luy donnoit ſans ceſſe de ces conſeils
que les vieilles gens donnent
ſouuent aux ieunes, & qu'ils
recoiuent ſi mal. Enfin il luy
deuoit eſtre plus incommode
qu'vne fâcheuſe Gouuernante,
ſi elle euſt pû trouuer des def-
fauts en vne perſonne qu'elle
aimoit. Il eſt vray que quand il
eſtoit de bonne humeur, il luy
faiſoit des contes de la vieille
Cour; ioüoit de la guiterre deuant elle, & dançoit la ſaraban-
de. Il eſtoit de l'aage que ie vous
ay deſia dit; propre en ſa perſonne & en ſes habits; curieux en
perruques, marque aſſeurée

qu'il auoit peu de cheueux à
luy; auoit grãd soin de ses dents
qui estoient assez belles, quoy
que par le temps vn peu alon-
gées; se piquoit de belles mains,
& s'estoit laissé croistre l'ongle
du petit doit de la gauche iusqu'à vne grandeur estonnante,
ce qu'il croyoit le plus galant
du monde. Il estoit admirable
en ses plumes, & en ses rubans;
ponctuel toutes les nuits à mettre ses bigoteres; toûjours par-
fumé, & tousiours ayant dans
ses poches quelque chose à
manger, & quelques vers à lire:
il en faisoit des meschans; estoit
vn repertoire de Chansons nou-

uelles; ioüoit des inftrumens;
faifoit bien fes exercices, & fur
tout celuy de la dance; aimoit
des beaux efprits ceux qui ne
luy demandoient rien ; auoit
fait plufieurs actions de brauoure, & quelques vnes qui ne
l'eftoient guere, comme qui di-
roit entre deux vertes vne meu-
re ; (le Lecteur me pardonnera
s'il luy plaift ce petit quolibet.)
Enfin , on luy pouuoit appli-
quer vn Sonnet Burlefque de
ma façon, dont la fin a prefque
paffé en Prouerbe.

SONNET.

Cy gift qui fut de bonne taille;
Qui fçauoit dãfer & chãter;

Faisoit de vers vaille que vaille,
Et les sçauoit bien reciter.

Sa race auoit quelque antiquaille,
Et pouuoit des Heros conter,
Mesme il auroit donné bataille,
S'il en auoit voulu taster.

Il parloit fort bien de la guerre,
Des Cieux, du Globe de la terre,
Du Droit Ciuil, & Droit canon,

Et connoissoit assez les choses,
Par leurs effets & par leurs causes,
Estoit il honneste Hôme? Ha, non.

Auec tout cela, vne des plus
aimables Princesses du monde,
en estoit esperduëment amoureuse : il est vray qu'elle n'auoit

que dix-sept ans; mais ce pauure Prince de Salerne n'y prenoit pas garde de si pres. La
Princesse Matilde belle & riche
comme elle estoit, eust eu sans
doute beaucoup d'autres Galans, si l'on n'eust pas crû dans
Naples que son Mariage auec
Prospere estoit vne affaire arre-
stée du viuant du Pere, ou si la
qualité de ce Prince n'en eust
pas detourné tous ceux qui a-
uoient assez de bien & de nais-
sance pour estre ses Riuaux. La
pluspart donc de ces Amans
trop timides, ou trop conside-
rez, se contentoient de soûpirer pour elle, sans l'oser dire.

Vn seul Hypolite osa publique-
ment se declarer Riual de Prospere, & respectueux Amant de
Matilde. Il estoit de l'vne des
meilleures maisons d'Espagne,
& descendoit de ce grand Ruis
Lopes d'Aualos, qui fut Con-
nestable de Castille, & à qui la
fortune donna de si grandes
marques de son inconstance,
que du plus riche & du plus
grand Seigneur de son pais
qu'il auoit esté, il en fut chassé
pauure & miserable, & fut reduit à prendre de l'argent de ses
amis, & à se sauuer en Arragon,
où le Roy le prit en sa prote-
ction, & luy donna dans Naples

aſſez de bien pour y viure dans
le rang des premiers du Royaume. Cét Hypolite eſtoit vn des
plus accomplis Caualliers de
ſon temps, & la reputation d'e-
ſtre fort vaillant qu'il auoit ac-
quiſe en diuers endroits de
l'Europe, reſpondoit à celle
d'eſtre parfaitement honneſte
homme, que luy donnoit la
voix publique. Il aima donc
Matilde; perdit l'eſperance d'en
eſtre aimé tandis qu'elle aime-
roit Proſpere, & ne laiſſa pas de
l'aimer. Il eſtoit liberal iuſqu'à
eſtre prodigue, au lieu que ſon
Riual eſtoit menager iuſqu'à
eſtre auare. Il ne perdoit donc

pas les moindres occasions de
faire voir sa magnificence àMa-
tilde , & quoy qu'il la portast
aussi loin qu'elle pouuoit aller,
on peut dire en quelque façon
qu'elle ne paruenoit pas iusqu'à
elle , puisque Prospere son Tyran l'empeschoit de rien approuuer de toutes les galanteries que tout autre que luy eust
pû faire pour l'amourd'elle. Cét
amant difficile à guerir couroit
souuent la bague deuāt les fenestres de sa Maistresse;luy dōnoit
souuēt des serenades ;faisoit des
parties de Tournois & de com-
bats de barriere. Les chiffres &
les couleurs de Matilde se recō-

noiſſoient dans ſes liurées; les
loüanges de Matilde voloient
par toute l'Italie dans les vers
qu'il faiſoit, & dans les airs,
& les Chanſons qu'il faiſoit
faire, & elle n'en eſtoit non
plus touchée que ſi elle n'en
euſt rien ſçeu, & il arriuoit
ſouuent que par l'ordre ex-
près de ſon Prince de Sa-
lerne, elle ſortoit de Naples le
iour d'vne courſe de bague,
d'vn ballet, ou de quelque autre
galanterie pareille que l'amoureux Hypolite auoit entrepris
pour elle; enfin en toutes ren-
contres elle le deſobligeoit a-
uec vne affectation, & vne ri-

gueur qui n'estoit point du naturel d'vne aussi raisonnable
personne qu'elle estoit, & qui
faisoit murmurer tout le monde contre elle. Hypolite ne s'en
rebuttoit point, & les desdains
de Matilde augmentoient son
amour au lieu de l'en guerir. Il
faisoit bien dauantage ; il rendoit des deuoirs à Prospere, qu'il
ne luy deuoit point , & pour
plaire à Matilde, auoit pour luy
les mesmes deferences que l'on
a pour vne personne d'vne condition au dessus de la sienne ,
quoy que le seul bien mist de la
difference entre le Prince de
Salerne & luy. Enfin, il respe-

étoit sa Maistresse en son Riual,
& peut estre s'empeschoit de le
haïr, parce qu'il estoit aimé de
Matilde. Il n'en estoit pas de
mesme de Prospere ; il haïssoit
mortellement Hypolite ; en
faisoit cent railleries, & mesme
en eust dit du mal, s'il eust crû
trouuer quelqu'vn capable de
le croire. Mais Hypolite estoit
les delices de Naples, & sa reputation y estoit si bien establie,
qu'en cessant mesme d'estre
honneste homme, il eust eu peine à la destruire. Prospere estoit
ainsi heureux, & possedoit ainsi
à peu de frais les bonnes graces
de Matilde ; & cette belle Prin-

cesse ne le voyoit pas encore assez, quoy qu'elle le vist tous les
iours, quand la fortune la fit
tomber tout à coup d'vne extreme bon-heur en vne extreme misere. Elle auoit vn Cousin
germain du costé de son pere,
qui n'eust pas esté sans merite, s'il eust eu moins d'ambition & d'auarice qu'il n'en
auoit. Il auoit esté nourry aupres du Roy; estoit de son aage,
& auoit si bien sçeu s'en faire
aymer, qu'il estoit l'arbitre
de tous ses diuertissemens, &
le dispensateur de toutes ses
graces. Ce Roger de S. Seue-
rin (c'est ainsi qu'il s'appelloit)
se mit

se mit dans l'esprit, que la principauté de Tarente luy appar-
tenoit, & qu'vne fille n'en pouuoit heriter au prejudice d'vn
homme de son sang. Il en parla
au Roy, qui luy permit de se
seruir de son droit, & luy promit de l'appuyer de son autho-
rité. L'affaire fut tenuë secret-
te, & Roger fut Maistre de Tarente, & y eut vne forte garni-
son deuant que Matilde en eust
la moindre defiance. La pauure
Princesse qui n'auoit iamais eu
de fascheuse affaire, fut frappée
de cette nouuelle comme d'vn
coup de foudre. Personne hor-
mis Hypolite ne se declara en

sa faueur au mépris de celle du
fauory du Roy, & Prospere qui
luy estoit obligé plus qu'vn autre, fit pour elle encore moins
que les autres, au lieu qu'Hypolite fit pour elle tout ce qu'il deuoit, & mesme plus qu'il ne deuoit, Il luy alla offrir son seruice, & elle n'osa l'accepter,
de peur de déplaire à son Prince
de Salerne, qui depuis ce temps-
là ne la visita plus auec la mesme
assiduité qu'il faisoit, lors qu'elle
estoit encore paisible Maistresse
de Tarente. Hypolite cependant parloit hardiment de l'in-
iustice qu'on luy faisoit, & fit
appeller Roger. On luy donna

des Gardes, & on luy impofa filence; mais comme il eftoit generalement aimé de tout le
monde, il eut bien-toft fait
dans Naples vn party affez fort
pour faire douter au Fauory du
fuccez de fes mauuais deffeins.
Il fit plufieurs entreprifes fur
Tarente qui luy manquerent
par le bon ordre que Roger y
auoit mis. Enfin les inimitiés
croiffant de cofté & d'autre, &
plufieurs Princes d'Italie y pre-
nant part, le Pape s'employa
pour la paix commune; fit mettre bas les armes, & obtint du
Roy de Naples que des Iuges
d'vne probité connuë, iuge-

roíent du different de son Fauory & de Matilde. On se peut
figurer les despences extraordi-
naires que fit cependant Hypolite, estant Chef d'vn party, &
de l'humeur qu'il estoit, & on
n'aura pas peine à croire que
Matilde, toute Princesse qu'elle
estoit, fut bien-tost reduite à
vne effroyable necessité. Roger
s'estoit emparé de ses terres. Il
auoit persuadé au Roy qu'elle
auoit intelligence auec ses Ennemis. On ne luy payoit plus
ses pensions, & personne n'eust
voulu prester de l'argent à celle
qu'vn Fauory auoit enuie de
perdre. Prospere l'auoit enfin

abandonnée, & elle l'aimoit
touſiours ſi fort, qu'elle reſſen-
toit moins ſon ingratitude que
ſon oubly. Hypolite ne luy offrit pas de l'argent, ſçachant
bien qu'elle l'auroit refuſé. Il en
vſa plus genereuſement. Il luy
en fit porter par vn de ſes amis
qui s'en fit honneur, & ſans luy
dire qu'il venoit d'Hypolite, o-
bligea par ſerment cette Princeſſe à n'en parler iamais, a-
fin que le plaiſir qu'il luy faiſoit
ne luy attiraſt pas la haine du
Fauory. Le procez cependant
s'inſtruit, & ſe iuge en faueur de
Matilde. Le Roy en a du déplaiſir; Roger en enrage; la

Cour s'en estonne ; chacun s'en
fâche, ou s'en réjoüit selon son
inclination & ses interests ; &
tout le monde generalement
admire & loüe la probité des
Iuges. Matilde toute glorieuse
d'auoir gagné vn si important
procez, enuoye vn Gentil-homme à Prospere auec vn empres-
sement qui n'est pas imagina-
ble, pour luy apprendre l'heureux succez de son affaire. Prospere en eut beaucoup de ioye,
& pour le témoigner à ce Gentil-homme, il l'embrassa ; luy fit
force caresses, & luy promit de
le seruir quand les occasions s'en
presenteroient. Hypolite qui

ne le sçeut qu'apres son Riual,
donna vn diamant de grand
prix à celuy qui luy en apprit la
nouuelle. Il fit vn festin à toute
la Cour ; il fit dresser vne lice
deuant les fenestres de Matilde , & huit iours durant y
courut la bague contre tout
le monde. Vne pareille galanterie se fait d'ordinaire
auec grand bruit. Plusieurs
Princes d'Italie, la pluspart pa-
rents & amis de Matilde , s'y
trouuerent, & s'y firent remarquer ; & le Roy mesme qui aimoit passionnément cette sorte
d'exercice, honora de sa presen-
ce cette course de bague. Roger auoit assez de pouuoir sur

son Maistre pour l'en empes-
cher ; mais par vne prudénte
Politique, il s'estoit fait racom-
moder auec Matilde , & auoit
voulu témoigner à tout le mode, que s'il n'eust veritablement
crû que Tarente luy apparte-
noit, il n'eust iamais entrepris
de s'en rendre Maistre. Le Roy
luy sçeut bon gré de s'estre si
facilement soûmis à ce que
les Iuges auoient decidé,& pour
le recompencer de la perte d'vn
procez & de ses pretentions sur
Tarente, luy donna vn des plus
importans gouuernemens du
Roiaume,outre ceux qu'il auoit
déja. Hypolite fit des merueil-
les à courre la bague, & en em-

porta l'honneur. Prospere le luy
voulut disputer couuert de plumes plus qu'aucun hôme ne l'a-
uoit encore iamais esté; mais il
tôba dés sa premiere course par
sa faute, ou par celle de son cheual, & se fit grand mal, ou en
fit le semblant. On le porta chés
Matilde, qui en quitta le Balcon
de déplaisir, & en maudit cent
fois l'amoureux Hypolite. Il le
sçeut & s'en affligea iusqu'à
rompre l'assemblée, & à s'en aller comme vn desesperé à vne
belle maison qu'il auoit à vne
lieuë de Naples. Prospere cependant enragé de sa cheute,
traittoit Matilde d'vne terrible
maniere, iusqu'à luy dire qu'elle

estoit cause de sa disgrace, & à
luy reprocher qu'elle estoit a-
moureuse d'Hypolite. La pauure Matilde, tousiours douce,
tousiours humble, & tousiours
aueuglément amoureuse de
son propre Tyran, luy en demanda pardon, & enfin fut aussi
sotte qu'il estoit brutal. Hypolite auoit vne sœur qui auoit
esté nourrie aupres de la Reine
d'Espagne, & qui estoit depuis
peu reuenuë à Naples pour des
raisons que ie ne sçay pas, & qui
sont peu importantes au recit
de cette histoire. Outre qu'elle
estoit fort belle, elle estoit d'vn
merite extraordinaire, & qui
la rendoit digne des vœux des

premiers du Royaume. A ſon
retour d'Eſpagne elle trouua
les affaires de ſon frere en ſi
mauuais eſtat, qu'alors qu'il en-
treprit ſa courſe de bague, elle
n'auoit point encore voulu paroiſtre à la Cour, où elle n'euſt
pû auoir l'equipage d'vne perſonne de ſa condition , & elle
s'eſtoit touſiours tenuë dans
cette belle maiſon qui reſtoit à
ſon frere , de toutes les terres
qu'il auoit venduës. Elle vit
courir la bague incognito , &
ayant veu ſon frere ſi bruſquement rompre l'aſſemblée, & ſortir de Naples, elle l'auoit ſuiuy ,
& l'auoit trouué dans le plus

pitoyable eſtat du monde. Il
auoit briſé ſes lances ; arraché
ſes plumes & ſes cheueux ; deſ-
chiré ſes habits , & ſon viſage ;
& enfin il eſtoit dans vne furie
dont elle euſt peu eſperer la gue-
riſon de ce cher frere , ſi elle
n'eût bien ſçeu qu'vn regard de
Matilde indifferente, & meſme
cruelle , luy faiſoit oublier mille
mauuais traittemens. Elle ne
ſongea donc qu'à le conſoler ;
ceda à ſa paſſion au lieu de la
combatrre ; peſta contre Matilde , quand il s'emporta contre elle , & luy en dit tout le
bien dont elle pût s'auiſer ,
quand, apres tous ſes tranſports,

elle le vit plus amoureux qu'il
n'auoit iamais esté. Le fâcheux
Prospere n'auoit pas la mesme
complaisance pour Matilde ; sa
cheute luy tenoit tousiours au
cœur, & il l'en accusoit toûjours, quoy qu'elle n'en fust
pas coupable. Vn iour qu'apres
auoir remercié ses Iuges, elle
estoit allée chez le Roy pour
le remercier aussi, quoy qu'il
luy eust esté contraire : mais
dans la Cour, c'est manquer de
prudence que de parler selon
ses sentimens, & de receuoir
autrement des refus qu'auec des
actions de graces. Vn iour donc
qu'elle estoit dans l'anti-cham-

bre du Roy , elle y vit entrer
Prospere. Depuis sa cheute il
ne l'auoit point veuë que pour
la quereller, sur ce qu'elle auoit
souffert qu'Hypolite courust la
bague deuant ses fenestres.   Il
luy auoit reproché qu'à moins
que d'estre éperduëment amoureuse de son Riual , elle n'eust
pas eu pour luy vne pareille
complaisance.   Rien n'estoit
plus iniuste que les plaintes de
Prospere. Matilde n'auoit pû
empécher vne réjouïssance publique, quand elle n'eust point
esté faite pour l'amour d'elle ,
puisque son Palais occupoit
tout vn costé de la place publi-

que, & quand elle l'euſt pû faire, elle ne l'euſt pas du, à moins
que de ſe faire paſſer pour in-
ciuille & peu reconnoiſſante.
Le ſeul Proſpere trouuoit dans
ſon faux raiſonnement, qu'elle
l'auoit cruellement offencé, &
ſa colere alla ſi loin, qu'il ne
l'alloit non plus voir que s'il
euſt tout à fait rompu auec elle.
La pauure Princeſſe en eſtoit
deſeſperée, & elle ne vit pas plutoſt ce Tyran des cœurs qui
eſtoit preſt d'entrer dans la
chambre du Roy, qu'elle s'alla
mettre en ſon paſſage. Il la voulut éuiter, & paſſer outre; elle
le prit par le bras, & le regardant

d'vn œil capable de charmer
tout autre que ce rude Maiſtre,
elle luy demanda ce qu'elle luy
auoit fait pour la fuir ainſi. Que
ne m'auez-vous point fait, luy
repartit bruſquement ce Prince, & que pourrez-vous iamais
faire qui vous rende la reputation que vous auez perduë en
ſouffrant les galanteries d'Hypolite. Ie ne puis ny les empeſcher, ny l'empeſcher de m'aymer, luy répondit Matilde;
mais ie puis n'approuuer pas,
ny ſon amour, ny les galanteries qu'elle luy fait faire, & il
me ſemble, continua-t'elle,
que ie luy teſmoignay aſſez
ou-

ouuertement combien elles me
déplaiſoient, quand ie ſortis de
mon Balcon deuant que les
courſes de bague fuſſent finies.
Il falloit n'y auoir point entré,
luy repartit Proſpere ; mais vous
n'en ſortiſtes qu'à cauſe que
vous viſtes bien ſur le viſage
de tout le monde, qu'on trouuoit étrange que vous y euſſiez
voulu paroiſtre : L'amour d'Hypolite vous auoit deſia fait
perdre la raiſon, & ſes galanteries auoient deſia preualu ſur
les ſeruices que ie ſuis capable
de vous rendre. Matilde ſe ré-
cria la deſſus, & luy voulut reſ-
pondre ; mais il ne luy en donna

pas le temps, outre que la colere
qui paroiſſoit ſur ſon viſage, ſe
fit craindre a la Princeſſe, & luy
oſta toute ſa reſolution. Quand
vous n'eſtiez plus Maiſtreſſe de
Tarente luy diſoit-il, & que le
Roy vous vouloit faire arreſter;
je voulois voir iuſqu'où pourroit aller voſtre laſcheté, & voſtre imprudence, & ſi l'ad-
uerſité eſtoit capable de vous
faire faire vne grande faute. Ie
ne me fis donc point de feſte,
comme voſtre galant, & ie fai-
gnis meſme de n'eſtre plus dans
vos interets. Hypolite cependant fit beaucoup de bruit, &
vous ſeruit peu, & vos affaires

furent long-temps deſeſperées.
Vous fiſtes alors quelques auan-
ces, pour me faire reuenir à
vous, & ne fiſtes pas ce qu'il
falloit faire, puiſque vous con-
feruiez toûjours voſtre Hypolite. Voſtre maxime d'Eſtat
auoit ſes raiſons. Vous tiriez
tout ce que vous pouuiez de ce
gallant indigne, perſuadée
que quand vous vous en ſe-
riez deffaite comme d'vn inu-
tile, ie ſerois trop heureux
de prendre ſa place, & vous
faiſiez voſtre compte, que
quand vn proces vous feroit
perdre Tarente, voſtre beauté
vous rendroit, quand vous

voudriez Princeſſe de Salerne.
Mais auſſiſtoſt qu'vn arreſt fa-
uorable a fait reuiure vos eſperances , vous auez changé la
maxime d'eſtat en maxime d'a-
mour. Vous auez penſé qu'vn
ieune Gentil-homme ruiné
vous ſeroit plus commode que
moy; que vous eſpouſeriez en
vn Prince de Salerne , vn Maiſtre authoriſé par la couſtume
& par les loix, & en Hypolite
vneſclaue qui ne ſongeroit qu'à
vous plaire. Imprudente Princeſſe! continua-t'il, voſtre Hypolite pauure comme il eſt, o-
ſeroit-il aymer vne riche Princeſſe , ſi elle ne luy auoit fait

esperer d'é estre aimé, & sur vne
simple esperance auroit-il fait
des despences si grandes qu'il
en est ruiné, & si folles, qu'il a
enrichy d'vn seul present celluy
qui luy apprit de vostre part
que vous auiez gaigné vostre
proces. Et apres tous ces tes-
moignages que i'ay de vostre
infidelité & de vostre imprudence, vous estes assez vaine,
pour croire que ie ne vous en
aymeray pas moins. Soyez heureuse si vous le pouuez auec vostre Hypolite, & ne croyez plus
que ie veuille estre malheureux
auec Matilde. Il la voulut quitter en acheuant ces parolles ;

mais la Princeſſe l'arreſta encore, & pour la premiere fois eut
la force de luy contredire. Prince ingrat! luy dit elle, vne des
plus grandes marques que ie te
puiſſe dóner de ce que ie t'ayme
encore, c'eſt de ne te haïr pas
apres les choſes deſobligeantes
que tu me viens de dire. Elles
ſont plus contre toy meſme,
que contre moy, & ie ne m'en
puis mieux ſeruir à ta confuſion
& à mon auantage qu'en t'a-
uoüant qu'elles ſont vrayes.
Ouy, continuat-elle, Hypolite
m'a aymée; Hypolite n'a point
craint pour me ſeruir, la haine
d'vn fauory, & la colere d'vn

Roy; il me respecte, & il fait tout
pour me plaire. Il ma voulu
proteger quand i'ay esté abandonnée de tout le monde, & il
est vray encore qu'il s'est ruiné
pour moy. Qu'as-tu iamais rien
fait de semblable? Tu me diras
que tu m'aimes: est-ce m'aimer,
que n'auoir pas mesme de la ciuilité pour moy, toy qui en dois
à mon sexe, quand tu n'en
deurois pas à ma condition.
Et cependant, quel Maistre de
mauuaise humeur à iamais trai-
té plus indignement vn Escla-
ue, que tu m'as tousiours traittée, & qui l'auroit souffert
qu'vne personne qui t'ayme-

roit autant que ie t'ayme. Non
nõ Prince, tu n'as point ſuiet de
te plaindre, & tu deurois me ſça-
uoir bon gré de ce que ie ne me
plains pas. Ie fais bien d'auantage, i'auoüe ſi tu veux des
crimes que ie n'ay point com-
mis; ie ne verray iamais Hypolite, & i'auray pour luy de l'ingratitude, pour faire ceſſer celle
que tu as pour moy. Enfin pour
te deuoir encore ton cœur, rien
ne m'eſt difficile à faire. Ny rien
d'impoſſible à vos beaux yeux,
luy dit douceureuſement le Prince en raiuſtant ſa perruque : ils
m'ont oſté toute ma colere, &
pourueu qu'ils ayent touſiours

pour moy leurs regars fauora-
bles, le trop heureux Prospere
n'aymera iamais que la belle
Matildè. L'Amoureuse Princesse se paya de ce peu de fleurettes que luy dit son vieil Galant. En vn lieu moins public,
peut-estre qu'elle se fut iettée à
ses pieds, pour le remercier de
luy auoir fait grace ; mais le
temps ny le lieu ne luy permi-
rent pas de luy respondre. Le
Roy sortoit de sa chambre : elle
pria Prospere de ne la quitter
point quant elle luy parleroit,
& il luy respondit en s'esloignant
d'elle, qu'il ne falloit pas qu'on
les vist ensemble, pour des rai-

fons qu'il ne luy pouuoit dire.
Elle vit bien qu'il craignoit de
faire mal fa Cour ; mais elle fe
trouua fi proche du Roy qu'elle
n'eut pas le temps de reprocher
à Profpere qu'il eftoit meilleur
Courtifan que veritable A-
mant. Elle fe prefenta au Roy;
luy rendit fes refpects, & luy fit
fon remerciment. Le Roy la
receut fort froidement, & ce
qu'il luy refpondit fut fi equi-
uoque , qu'on le pouuoit auffi-
toft expliquer à fon defauanta-
ge qu'en fa faueur; mais les douceurs que luy venoit de dire
Profpere l'auoient fi fort fatis-
faite , que la derniere ingrati-

tude qu'il venoit d'auoir pour
elle en la refusant de l'accompagner à voir le Roy, ne fit aucune impression dans son esprit,
non plus que la mauuaise recep-
tion que le Roy luy venoit de
faire; tant elle auoit de ioye d'e-
stre remise dans les bonnes graces de son Amant imperieux.
Ce iour la mesme, elle fut
visitée de tout ce qu'il y a-
uoit des Femmes de condition
dans Naples, qui firent partie
d'aller le lendemain à la chasse
toutes à Cheual, en habits de
capagne, & auec des Capelines
couuertes de plumes. Les plus
galās de la Cour en estoient, & il

ne faut pas demander si le Prince de Salerne qui estoit la galanterie mesme, en fut aussi. Il fit
bien plus, il voulut regaller sa
Princesse, ce qui ne luy estoit
point encore arriué. Il luy es-
criuit dócvn billet des plusdoux
& luy enuoya vne Capeline;
mais pour dire les choses cóme
elles sont, il en auoit adiusté luy
mesme les plumes, dont il n'y
en auoit pas vne qui fust neuf-
ue. Ie pense vous auoir desia
dit qu'il estoit admirable en ses
plumes : c'estoit en cela seul
qu'il faisoit dépense, & ne laissoit pas d'y faire tous les mesna-
ges imaginables. Il diuersifioit

souuent ses plumes, transplan-
tant les brins d'vn bouquet à
l'autre, & de vieilles qu'elles
estoient, il les sçauoit faire
paroistre neufves auec autant
d'art qu'eust pû faire le plus
adroit Maistre du mestier. Ie
veux croire qu'afin qu'il ne
manquast rien à son beau present, il employa à l'accommo-
der vne bonne partie de la nuit.
La Princesse le receut comme
s'il luy eust esté enuoyé du Ciel;
luy en fit plus de remerciments
qu'il n'é meritoit, & luy promit
par vn billet, dont elle luy respondit au sien, qu'elle se pareroit
toute sa vie de cette merueil-

leuſe Capeline. Ie ne vous diray
point comment ſe paſſa la chaſſe : ie n'en ay iamais ſçeu les
particularitez. Il eſt à croire que
quelques cheuaux bronche-
rent ; que les plus galans des
Caualiers ſeruirent d'Eſcuyers
aux Dames; que Proſpere y deſ-
ploya toute ſa galanterie , &
qu'il n'y eut que pour luy à parler, comme vn grand diſeur de
rien qu'il eſtoit. Le plaiſir que
les Dames prirent à la chaſſe,
leur donna enuie de ſe diuertir
encore le iour d'apres, & pour
changer de diuertiſſement, elles
firent deſſein d'aller par Mer à
Pouzzol, où la Princeſſe Matil-

de leur voulut donner la colla-
tion & la musique. Elles ne
se parerent pas moins pour la
promenade par eau, qu'elles
auoit fait pour la chasse. Les
Barques qui les porterent, eurent tous les ornemens qu'elles
purent auoir; elles furent ten-
duës de riches tapis, ie ne sçay
s'ils estoient de la Chine, où de
Turquie, & on ne s'y assit que
sur de riches carreaux. Prospere y alla par terre, & seul de sa
compagnie, pour faire l'homme à bonne fortune, ou peut-
estre le melancolique; car il s'en
trouue qui le font par ambition. Il monta le plus beau de

ſes cheuaux ; s'habilla de ſon
plus riche habit de campagne,
& chargea ſa teſte de la deſ-
poüille de pluſieurs Autruches.
La Maiſon d'Hypolite eſtoit
ſur le chemin de Pouzzol, &
proche de la Mer, & le Prince de
Salerne auoit neceſſairement à
y paſſer. En la voyant, il luy
monta à la teſte vne penſée de
brauoure. Il ſçeut qu'Hypolite
y eſtoit, & il mit pied à terre
pour luy parler. Hypolite le re-
çeut auec toute la ciuilité qui
eſtoit deuë à ſa condition, quoy
qu'il n'en euſt pas eſté abordé
de meſme. Proſpere luy fit vn
eſclairciſſement fort brutal, ſur
ce qu'il

ce qu'il ofoit faire le Galant
d'vne Princeffe qui deuoit eftre
fa femme. Hypolite fouffrit affez lóg-téps tout ce qu'il luy put
dire de fafcheux, & luy répódit
auec toute la douceur imagina-
ble, qu'il ne deuoit pas s'offécer
des galanteries que luy faifoit
faire vne amour fans efperance.
Mais enfin, l'infolence de Profpere le força de s'emporter
auffi, & il demandoit defia vn'
cheual pour s'aller battre contre luy, quand on leur vint dire
que la mer eftoit fort efmeuë,
& que des barques pleines de
Dames que l'on voyoit du riuage, eftoient en grand danger de
D

se perdre contre la coste. Hpyo-
lite ne douta point que ces Dames ne fussent Matilde & sa
cõpagnie, & il exhorta Prospere de courir au secours de leur
commune Maistresse. Il s'en ex-
cusa sur ce qu'il ne sçauoit pas
nager, & qu'il estoit encore in-
cõmodé de la cheute qu'il auoit
faite en courant la bague. Le
genereux Hypolite detestant
en son ame l'ingratitude de son
Riual, courut ou plustost vola
vers le riuage. Ses domestiques
le suiuirent; se ietterent dans la
mer à son exemple, & à l'ayde
de quelques pescheurs qui se
trouuerent heureusemẽt le long

de la coste, on sauua la vie à Matilde & aux Dames de sa compagnie. Leurs barques s'estoient
eschoüées à cent pas du riuage,
& s'estant entrouuertes, Naples
auroit pleuré ce qu'elle auoit de
plus beau, sãs ce secours venu si à
propos. Hypolite fut si heureux
que Matilde luy dut l'a vie. L'a-
mour qu'il auoit pour elle, la luy
fit bien-tost distinguer d'entre
plusieurs Dames que les flots
alloient ietter demy-mortes,
contre des rochers qui bor-
doient le riuage. Tandis que les
Pescheurs & ses valets secou-
rurent indifferemment les pre-
mieres personnes qu'ils trouue-

rent, il faifit fa Princeffe dans
le temps qu'elle reuenoit fur
l'eau , & la tirant d'vn bras &
nageant de l'autre vers le riuage, le gagna heureufement, fans
le fecours de perfonne. Matilde
fe trouua plus mal de fon nau-
frage que les autres Dames qu'ó
auoit fauuées comme elle. Elles
en furent quittes pour vomir
quantité d'eau fallée ; pour chã-
ger d'habits , & pour la peur ,
& dés le iour mefme elles purent fouffrir le caroffe, & retourner à Naples. Pour la Princeffe
de Tarente, elle fut long-temps
fans connoiffance , & fit long-
temps douter de fa vie. Hypo-

lite & sa sœur Irene en eurent
tous les soins imaginables. Il
enuoya querir à Naples les plus
experimentez Medecins, outre
celuy de la Princesse, & quita
sa maison entiere à Matilde, &
à vne partie de ses domestiques
qui l'estoient venus trouuer. Il
se logea le mieux qu'il pût luy
& son train, dans vn hameau
qui n'estoit guere eloigné de sa
maison, d'où il enuoyoit sans
cesse demander des nouuelles
de la Princesse, quand il ne pouuoit en aller aprendre luy-mesme. Pour Prospere, se sçachant
fort bon gré de l'éclaircissement
qu'il auoit fait à Hypolite, il

auoit laiſſé noyer Matilde , &
les autres Dames, ſans s'en mettre beaucoup en peine , ſon-
geant peut-eſtre, que puiſqu'il
n'eſtoit pas homme à les ſecou-
rir, il deuoit oſter à ſes yeux vn
ſpectacle faſcheux, & aller dou-
cement à Naples attendre le
douteux euenement du naufra-
ge , pour s'en réjoüir ou non ,
ſelon qu'il euſt eſté heureux ou
mal-heureux. Cependant Matilde ſecouruë de ſa jeuneſſe, &
des remedes qu'on luy fit , reprit ſa ſanté & ſa beauté tout
enſemble, fort ſatisfaite des
ſoins d'Hypolite & de ſa ſœur,
qui luy apprit adroittement la

lâche indifference qu'auoit euë
Prospere, pour le peril qu'elle
auoit couru. Matilde n'en fit
paroistre ny sur son visage ny
dans ses discours aucune marque de ressentiment, soit que
son amour s'en rendist le maistre, ou qu'elle eust la force de
dissimuler. Vne nuit qui pre-
ceda le iour qu'elle auoit fait
dessein de quitter la maison
d'Hypolite, & de retourner à
Naples, elle ne peut s'endor-
mir, & se fit donner de la lumiere & vn liure. Ses femmes
estoient sorties de sa chambre
pour dormir, ou pour faire autre chose, quand elle y vit en-

D iiij

trer Prospere. On se peut figurer combien elle fut surprise de
le voir à vne heure si induë, &
combien elle se tint des-obli-
gée d'vne visite si peu respe-
ctueuse. Elle luy en parla auec
quelque sorte d'aigreur ; Prospere le prit d'vn ton plus haut,
& comme si cette Princesse se
fust mise tout exprés en danger de se perdre, pour donner à Hypolite la gloire de la
sauuer, il luy reprocha son nau-
frage comme vne tache à son
honneur, & comme vne lâcheté, de ce qu'elle estoit dans la
maison d'vn homme amoureux
d'elle, logée dans sa chambre, &

couchée dans son lict. Matilde
ne daigna pas luy faire voir cõ-
bien ses reproches estoient in-
justes; mais elle luy en fit de ne
l'auoir pas secouruë, & par vne
raillerie piquante se plaignit de
ce qu'il ne sçauoit pas nager, &
de ce qu'il se sentoit encore in-
commodé de sa cheute. Prospere rouge de colere & de confusion, s'emporta à luy dire des
injures, & luy dit qu'il ne la
verroit iamais, puis qu'aussi bien
Roger le Fauory du Roy luy
offroit sa sœur, & auec elle tous
les auantages qu'on peut trouuer dans l'alliance d'vn Fauory. Matilde ne put tenir con-

tre vne si terrible menace ; son
esprit s'en effraya ; l'amour s'y
rendit maistre de l'indignation,
& de fiere qu'elle venoit de paroistre, elle deuint suplian-
te. Il s'amollit de son costé
quand il lavit humiliée au point
qu'il la vouloit, & selon sa coustume la cajolla, & luy dit les
mesmes douceurs qu'il luy auroit du dire, si dans tous les
demeslez d'amour qu'il auoit
eus auec elle, il n'eust iamais
sorty hors du respect, & de la
tendresse qu'il luy deuoit. Il luy
fit de nouuelles protestations
d'amour, & à force d'en vouloir faire de trop grandes & de

trop belles, il en fit d'imperti-
nentes, iufqu'à luy fouhaitter
toutes fortes d'aduerfitez, pour
auoir vne belle occafion de
luy témoigner la part qu'il y
prendroit. Que n'eftes-vous encore mal en Cour, luy difoit-il
d'vn ton paffionné ? Que n'e-
ftes-vous encore perfecutée de
Roger ? Que n'eftes-vous encore hors de voftre Principauté de
Tarente? Vous verriez de quelle
maniere ie vous feruirois aupres
du Roy ; auec quelle vigueur ie
prendrois voftre querelle contre vos Ennemis ; & fi ie crain-
drois de hazarder ma perfonne
& tout mon bien, pour vous

remettre dans ceux qu'on vous
auroit vſurpez. Il n'eſt pas ne-
ceſſaire, luy dit alors la Princeſſe, que ie deuienne plus mal-
heureuſe que ie ne la ſuis, afin
que vous faſſiez voir combien
vous eſtes genereux, & il ne ſeroit pas iuſte que ie miſſe voſtre
amour à de ſi dangereuſes é-
preuues. Ils en eſtoient là, quãd
des voix confuſes & effroya-
bles qui crioient au feu, les firent courir aux feneſtres, d'où
ils virent tout le bas de l'appar-
tement où ils eſtoient, vomiſ-
ſant le feu & la fumée par les
ouuertures des caues & des offi-
ces qui eſtoient ſous terre, &

dans le mesme temps vne é-
paisse fumée accompagnée d'é-
tincelles ardentes commença
d'entrer dans la chambre par
l'escallier, & leur osta l'esperance de se sauuer par là, à quoy
Prospere se preparoit déja. La
Princesse toute effrayée le conjura de ne l'abandonner pas
dans vn si grand peril, & luy
proposa de se seruir des draps,
& de la tapisserie, pour la descendre par les fenestres. Le
Prince aussi effrayé qu'elle, luy
dit qu'il n'é auroit pas le temps,
& mesurant déja des yeux la
hauteur des fenestres, & deli-
berant de quelle façon il se pren-

droit à se jetter dans la cour, il
dit nettement à Matilde, qu'en
pareille rencontre, se sauuoit
qui pouuoit. Tu ne te pourras
sauuer sans moy , luy dit-elle
auec beaucoup de resolution ,
& ie ne courray icy aucun peril , que le plus ingrat & le
moins genereux de tous les
hommes ne le partage auecque
moy. En acheuant ces paroles, elle saisit Prospere, & l'indignation qu'elle auoit con-
ceuë contre sa lâcheté, luy donna tant de force, que quelque
effort qu'il fist , il ne se pouuoit débarasser de ses mains.
Il en jura; il l'injuria; fut assez

brutal pour la menacer de la
battre, ou de la tuer, (on n'a
pas fçeu lequel des deux,) &
enfin il auroit efté homme à
le faire, fi dans le temps qu'il
luttoit contre elle, auffi rudement, & auec autant d'ani-
mofité qu'il auroit fait contre vn haiffable ennemy,
le genereux Hypolite ne fuft
entré dans la chambre. La Princeffe le voyant, laiffa Profpere
en liberté, & s'approcha d'Hypolite, qui fans luy donner
le temps de luy parler, la cou-
urit d'vn drap moüillé qu'il a-
uoit apporté expres, & l'ayant
prife entre fes bras, fe jecta

comme vn Lion auec sa proye,
à trauers des flames, dont l'escallier estoit plein. Il fut assez
heureux, pour la mettre en lieu
où elle n'auoit plus à craindre,
& il fut assés genereux pour
rendre le mesme seruice à son
Riual. Il est bien vray qu'il y
brusla ses habits, & grilla ses
cheueux & ses sourcils ; mais
qu'est-ce que des habits bruslez
& des cheueux grillez à vn homme dont le cœur est bruslé d'a-
mour. Cependant que Matilde
reprent ses esprits ; que Prospere se sauue à Naples, sans mesme remercier son liberateur, só
liberateur trop genereux voit
brusler

brusler sa maison d'vne furieu-
se maniere, & auec sa maison,
ses meubles & ses cheuaux ; enfin tout ce que ses profusions
luy auoient laissé. Matilde s'en
affligeoit, ie ne diray pas plus
que luy ; car il ne s'en affligeoit
guere : mais comme si elle eust
veu perir tout ce qu'elle eust
eu de plus cher dans le monde.
Elle croyoit luy auoir attiré vn
si grand mal-heur ; & elle ne se
trompoit pas. Son cousin Roger, qui ne s'estoit reconcilié
auec elle, que pour la perdre
auec plus de facilité, auoit
trouué des ames venales entre
les domestiques d'Hypolite,

qui auoient eux-mefmes em-
ply les caues de la maifon de
leur Maiftre de matieres aifées
à s'éprendre, & qui auoient e-
xecuté les ordres que Roger
leur auoit donnez, de les allu-
mer la nuict, quand on feroit
endormy. Cét iniufte Fauory,
ne faifoit point confcience de
caufer la ruine d'vn pauure Cauallier, & mefme fa perte,
pourueu qu'elle fuft commune
à vne Parente, dont il efperoit
heriter, & comme s'il n'euft
pas encore efté fatisfait de fa
mort, qui eftoit indubitable,
fi fon deffein euft reüffi, il voulut auffi rendre fa memoire

odieuſe. Dans le temps que la
maiſon d'Hypolite bruſloit ,
Roger auoit conduit ſa trahi-
ſon auec tant d'adreſſe, que par
l'ordre du Roy on eſtoit entré
dans l'Hoſtel de Matilde , &
dans ſon cabinet , qu'on auoit
fait ouurir, l'on auoit trouué des
lettres ſuppoſées qui paroiſſoiét
écrites au Duc d'Anjou, & qui la
conuainquoient d'auoir intelligence auec ce dangereux Ennemy de l'Eſtat. Cette Princeſſe
mal'heureuſe receut cette mauuaiſe nouuelle , dans le temps
qu'elle enuoyoit querir des ca-
roſſes à Naples, pour s'y en retourner. Elle en fut fort trou-

blée, & fans attendre dauantage , elle courut à Naples elle
& tout fon train , à pied , &
dans l'eftat du monde le plus
pitoyable. Hypolite euft bien
voulu l'accompagner; mais elle
luy deffendit abfolument de le
faire, craignant peut-eftre encore de déplaire à Profpere; &
ainfi cét amant miferable la
vit partir, plus affligé du nou-
uel accident qui venoit d'arriuer à fa Princeffe , & de ne
l'ofer fuiure, que de la perte
de fa maifon. Matilde ne fut pas
pluftoft arriuée dans Naples ,
qu'elle y fut arreftée. Elle demanda à parler au Roy ; on le

luy refufa. Elle enuoya prier
Profpere de la venir trouuer ;
il fit le malade, & elle fe trouua tout d'vn temps auffi abandonnée de fes amis, que fi elle
euft efté frappée de la pefte. Le
mefme iour on luy commanda
de la part du Roy de fortir de
Naples. Ses domeftiques la qui-
terent lâchement ; fes crean-
ciers la perfecuterent, fans ref-
pecter fa qualité, & elle fut
reduite à vne telle mifere, qu'elle ne put trouuer, ny vn car-
roffe de loüage, ny la moindre
monture, pour fe faire porter
chez ie ne fçay quel Prince d'I-
talie, qui eftoit apres Roger,

E iij

le plus proche de ses parens, &
qui auoit tousiours esté dans
ses interests contre Roger mesme. Abandonnée ainsi de ses
amis, dans la necessité de toutes choses, & dans l'impossibi-
lité de suiure vn ordre si rigoureux, elle se refugia dans vn
Conuent, où on ne la receut
qu'apres en auoir eu la permis-
sion du Roy, à condition qu'elle en sortiroit la nuit mesme.
Elle en sortit donc desguisée,
& si secrettement, que l'amoureux Hypolite, quelques dili-
gences, & quelques exactes
perquisitions qu'il pust faire,
ne pût auoir la moindre lu-

miere du chemin qu'elle auoit
pris. Il ne laiſſa pas de ſe mettre au hazard de la manquer,
plutoſt que d'auoir à ſe reprocher qu'il ne l'euſt pas cher-
chée. Cependant qu'il court,
ou croit courir apres elle ; &
qu'elle ne ſonge pas en luy ;
Proſpere ne ſonge pas fort en
elle. Il en parle comme d'vne
criminelle d'Eſtat ; fait fort re-
gulierement ſa cour aupres du
Roy & du Fauory, & comme
les occaſions diuerſes donnent
de diuers deſſeins, il fait l'amoureux de Camille ſœur de Roger, & prie le Roy de la luy
faire épouſer. Le Roy qui croit

le party auantageux pour la
sœur de celuy de tous ses Sub-
jets qu'il aime le plus, en parle
à son Fauory, qui veut tout ce
que veut son Maistre. Cette
sœur de Roger estoit vne des
plus belles Dames de Naples,
& si elle auoit part dans la fortune de son frere, elle n'en a-
uoit point dans ses mauuais
desseins. On la consideroit à la
Cour, comme le meilleur party
du Royaume, & elle consideroit Hypolite comme le plus
parfait Cauallier de son siecle;
& peut-estre qu'elle l'aymoit,
ou du moins qu'elle l'eust aimé,
si elle ne l'eust point veu si pas-

fionnément amoureux d'vne
autre. Le mal-heur de Matilde
l'auoit si fort touchée, & elle
estoit si genereuse, que si elle
euft crû que c'euft esté l'ouura-
ge de son frere, elle luy euft sans
doute reproché vne si grande
mechanceté, & euft esté la
premiere à la detefter. Elle
prit si grande part dans la perte
qu'auoit fait Hypolite, qu'au
hazard de tout ce qu'on en
pourroit dire, elle l'alla chercher dans sa maison bruslée,
pour luy offrir de l'argent, &
tout ce qui dependoit d'elle.
Elle y trouua sa sœur Irene, qui
ne s'attendoit pas à sa visite, &

moins encore aux offres qu'elle luy fit , de luy donner vne
retraitte chez elle. Cette belle
fille se sentit fort obligée à Camille , & se laissa emmener à
Naples. Qu'eust pû faire autre
chose vne ieune personne de
son sexe & de sa condition, qui
se trouuoit alors sans bien, sans
esperance d'en auoir, sans maison, en vn païs où elle ne connoissoit presque personne que
son frere , & encore pouuoit-
on dire qu'elle ne l'auoit plus,
puis qu'aussi-tost qu'il eut appris que Matilde estoit hors de
Naples , il auoit couru apres
elle comme vn fou , sans sça-

uoir où elle estoit allée. Le
iour mesme que Camille alla
prendre Irene dans la maison
de son frere pour l'amener chez
elle, elle fut honorée d'vne visite du Roy, qui luy presenta
luy-mesme le galant Prince de
Salerne, & toute sa galanterie.
Camille qui auoit Hypolite
dans la teste, receut les offres
de seruices que luy fit Prospere, auec autant de froideur
qu'elle témoigna de ressentiment au Roy de l'extreme
honneur qu'il luy auoit fait de
la venir voir. La triste Irene
luy tenoit compagnie, & toute affligée qu'elle estoit, parut

telle aux yeux du ieune Roy,
qu'il en deuint amoureux.
Son amour fut violente dez sa
naiſſance. Il s'approcha d'elle
auec autant de reſpect, & de
crainte, que s'il euſt eſté de ſa
condition, & qu'elle euſt eſté
de la ſienne; il la caiolla ſur ſa
beauté, & cette aymable
perſonne ſans s'éblouïr, ny
ſe deffaire, luy fit voir à la fois,
tant d'eſprit, de ſageſſe, & de
modeſtie, qu'il la conſidera dé-
lors comme vn bien qui manquoit à ſa fortune. Il fut chez
Camille auſſi long-temps qu'il
y put eſtre, & le plaiſir qu'il y
prit à entretenir Irene, fut

d'autant plus remarqué de tout
le monde, que ce ieune Roy
auoit touſiours paru inſenſible
à l'amour, & tres indifferent
pour les plus belles Dames de
Naples. Irene eſtoit ſi charman-
te, qu'il eſtoit impoſſible de ne
l'aymer pas, meſmes aux ames
les moins tendres, & les moins
capables de iuger de ſon merite.
Camille, deuāt que de la cōnoi-
ſtre, auoit eu deſſein de la ſeruir à cauſe de ſon Frere ; mais
depuis qu'elle l'eut connuë ,
elle l'ayma à cauſe d'elle meſme. Elle crut facilement que
le Roy en eſtoit amoureux, parce qu'elle ſouhaitta qu'il le fuſt,

& loin d'en eſtre enuieuſe,
comme auroit fait toute autre
belle perſonne, elle en eut vne
ioye extréme. Elle felicita Irene ſur ſa grande conqueſte, &
elle euſt ſans doute flatté la vanité, & les eſperances d'vne
fille moins preſõptueuſe qu'elle : mais cette ſage perſonnē
crut toûjours que le Roy auoit
eſté auec elle plus galant qu'a-
moureux ; qu'il n'auoit eu deſſein que de ſe diuertir, & qu'il
ne ſongeroit peut eſtre plus en
elle, quand il ne la verroit plus.
Elle ſe trompoit : le ieune Roy
ne fut pas long-temps eſloigné

d'elle, sans la trouuer à redire, & son amour impetueu-
se ne luy permit pas d'estre
plus long-temps, sans la
voir que iusqu'à la nuit mesme du iour qu'il estoit deuenu
amoureux d'elle. Il dit donc au
Prince de Salerne qu'il vouloit
aller incognito à la mode d'Espagne galantiser Irene sous le
balcon de Camille. Prospere
fut rauy d'estre confident des
plaisirs de son Maistre, & son
compagnon dans vne auenture amoureuse. Vraysemblable-
ment Roger eust este choisy
pour cela, ou du moins eust

esté de la partie : mais ce mesme
iour il auoit eu congé du Roy
pour aller à Tarente, où vne
affaire importante l'appelloit.
La nuit vint, & le Roy suiuy de
Prospere armé comme luy à l'I-
talienne, c'est à dire auec plus
d'armes offensiues & deffen-
siues qu'il n'en faut à vn homme
seul, se rendit sous le balcon de
Camille qui en auoit esté auer-
tie par Prospere. Elle sçauoit
trop bien faire sa cour pour ne
laisser pas au Roy la liberté d'é-
tretenir sa Maistresse en parti-
culier. Elle se retira donc à vn
autre balcon, quelque priere
que

que luy fit Irene de demeurer aupres d'elle. Le Roy en fit des reproches à cette belle fille, & luy
dit quelle deuoit du moins quelque complaisance à vn Roy qui
auoit pour elle quelque chose
de plus. Ie deurois tout à vostre
Majesté, luy répondit Irene, si
ie ne deuois aussi quelque chose à moy-mesme, que ie ne puis
deuoir à d'autres. Et que deuez vous à vous mesme, luy
demanda le Roy, que vous ne
deuiez pas à mon amour ? Ne
croire pas que vous en ayez
pour moy, luy repartit-elle.
Ha Irene, s'écria le Roy, il n'y
a rien de si veritable, ny rien
que ie ne fasse pour vous em-

F

pescher d'en douter. Si ie la
croyois telle que vous dites,
i'aurois plus à me plaindre de
vostre Maiesté, qu'à luy en sçauoir bon gré. Quoy fille iniuste! luy dit le Roy, vne amour
sincere comme la mienne vous
peut-elle offencer ? Elle hono-
reroit vne grande Reine , luy
repartit Irene, & feroit faire
de mauuais iugemens de la sa-
gesse d'vne simple Demoiselle.
Il est vray , dit le Roy, que vous
n'estes pas Reine; mais qui merite de l'estre, la peut deuenir.
Ie ne suis pas assez vaine, pour
esperer de mõ merite vn si grãd
chãgement en ma fortune, luy

répondit Irene, & voſtre Maieſ-
té eſt trop bonne, pour ſe diuertir plus long-temps aux dé-
pens d'vne fille mal-heureuſe.
Belle Irene, luy dit ce Prince
amoureux, ie vous ayme autant que vous pourroit aymer
l'amant le plus paſſionné & le
plus fidelle, & ſi ma bouche
vous a bien-toſt appris ce que
mes regards & mes ſoûpirs ne
vous faiſoient pas comprendre
aſſez viſte, ne croyez pas que
i'aye voulu me diſpenſer par
ma qualité de toutes les peines
d'vne longue ſeruitude, & de
tous les ſeruices & les ſoins que
la plus belle fille du monde

pourroit pretendre d'vn amant
respectueux. Mais vn mal violent comme le mien , a eu besoin d'vn prompt remede , &
vous deuez estre satisfaite ce me
semble, quelque fiere ou scrupu-
leuse que vous puissiez estre, de
ce qu'vn Roy a eu peur de vous
déplaire, en vous faisant vne
declaration d'amour. Il luy dit
plusieurs autres choses encore
plus passionnées, que celuy qui
les écouta n'a pas retenuës,
comme il fit ce que ie vien de
vous dire : ie laisse donc au
Lecteur discret à se les imagi-
ner ; car pour faire parler ce

Roy de Naples auſſi tendre-
ment qu'il fit, & pour n'affoi-
blir pas le ſens de ſes parolles,
il faudroit eſtre auſſi amoureux
qu'il fut, & il ne m'appartient
plus de l'eſtre. Irene luy répondit touſiours auec ſa modeſtie
accouſtumée, & ſans ſe mon-
trer trop ou trop peu aiſée à
perſuader, elle ſe tira auec tant
d'eſprit d'vne conuerſation ſi
delicate, que le Roy en aug-
menta l'eſtime qu'il auoit pour
elle, & la quitta plus amoureux qu'il n'auoit encore eſté.
Depuis ce temps là, il ne ſe paſſa
point de iour qu'il ne viſitaſt
Camille & Irene, ny de nuit,

qu'il ne reuinst sous le balcon
de cette fille, où il employoit
toute son eloquence amoureuse à luy faire croire la passion
qu'il auoit pour elle. Vne nuict
qu'il auoit deffendu à ses Gardes de le suiure, il courut dé-
guisé les ruës de Naples, suiuy
du seul Prince de Salerne, &
il y trouua tant de diuertisse-
ment, que la plus grande partie de la nuict estoit passée,
quand il approcha du balcon
de Camille. Il en vit le poste,
occupé par deux hommes, ou
du moins ils en estoient si pres
qu'ils n'eussent pas perdu la
moindre parole de la conuer-

sation qu'il esperoit aller auoir
auec Irene. L'vn de ces hommes se separa de l'autre, & en-
tra dans la maison de Camille, & l'autre demeura dans la
ruë. Le Roy attendit quelque
temps, pour voir s'il s'en iroit
enfin , & luy laisseroit la ruë
libre : mais remarquant qu'il ne
bougeoit d'vne place non plus
qu'vn Terme, il s'impatienta,&
commanda à Prospere d'aller
reconnoistre cét homme fixe,
& de l'obliger à se retirer. Le
Prince de Salerne y alla , faisant autant de l'empesché que
s'il eust esté question d'ache-
uer vne perilleuse auenture. Il

alla droit à cet homme, qui se
retira de deuant luy. Prospere
ne laissa pas de le vouloir ioin-
dre ; l'autre hasta le pas , &
voyant que Prospere en faisoit
autant, il se mit en fuite, & le
Prince de Salerne courut apres,
& le poursuiuit iusqu'en vne
autre ruë. Le Roy cependant
ne partoit pas de sa place , attendant que Prospere fut de retour, pour l'enuoyer faire sçauoir à Camille & à Irene, qu'il
les attendoit sous leur balcon , & il y a apparence qu'il
resuoit en ses amours ; car vn
Amant ne fait iamais autre
chose quand il est seul ; lors

que cét homme qui s'estoit se-
paré de celuy que poursuiuoit
Prospere , & qui estoit entré
chez Camille, en sortit, & pre-
nant le Roy pour son camarade , Calixte , luy dit-il , voila
ta despeche : le Commandant
dans Cayette te fera donner
vn vaisseau pour te porter à
Marseille. Le Roy , sans luy répondre , receut vn paquet de
lettres qu'il luy presentoit. Calixte , adiousta encore cét in-
connu , le reste dépend de ta
diligence , & tu tiens en tes
mains la fortune du Duc d'Anjou ton Maistre & le mien. Ha
ingrat ! ha traistre ! que machi-

nes-tu contre moy ? s'écria le
Roy en mettant l'espée à la
main. Roger ; car c'estoit luy,
desesperé de s'estre si mal-heureusement mépris, & par son
desespoir rendu plus méchant
qu'il n'estoit, ne songea plus
qu'à perdre la vie, & à la faire perdre à son Roy qui l'a-
uoit tant aymé. Les reproches qu'il luy pouuoit faire de
son ingratitude & de sa perfi-
die, luy estoient aussi redouta-
bles, que les supplices qu'il luy
pouuoit faire endurer. Il mit
l'espée à la main presque en
mesme temps que le Roy, qui
le chargea auec tant de vigueur

& de furie, que Roger, troublé du remors de son crime comme il estoit, fut long-temps reduit à se deffendre. Enfin, la rage dont il estoit animé, luy ayant fait reprendre ses esprits & ses forces, il se lança contre son Roy, qu'il ne consideroit plus que comme vn ennemy, & par les efforts de desespere qu'il fit contre sa personne sacrée, l'obligea à se deffendre aussi. Mais les Roys qui peuuent estre vaillans comme d'autres personnes, sont d'ordinaire assistez d'vn genie plus fort que celuy des autres hommes. Ro-

ger tout braue, tout furieux,
& tout defefperé qu'il eftoit,
n'euft pû peut-eftre tenir long-
temps contre fon Roy irrité,
quand le bruit du combat n'eût
pas attiré au lieu où il fe faifoit
plufieurs perfonnes, qui euffent
pû mettre en pieces ce detefta-
ble fubjet qui ofoit attaquer la
vie de fon Prince. De fes domeftiques mefmes, & de ceux
de Camille, furent des premiers à venir dans la ruë auec
des lumieres, bien furpris de
voir leur Maiftre aux prifes
auec le Roy. Le mal'heureux
Roger ne vit pas pluftoft la lumiere qui l'expofa aux redou-

tables regards de fon Prince,
qu'il ne les pût fupporter. Sa
rage & fa valeur l'abandonnerent, & les armes luy tom-
bèrent des mains. Le Roy
qui eut le plaifir de le voir blef-
fé, apres auoir eu befoin de
toute fa valeur, pour s'empef-
cher de l'eftre de luy, le faifit
luy-mefme, & le donna à garder au Capitaine de fes Gardes, qui auoit eu ordre de fe
tenir toute la nuict dans les aue-
nuës de la maifon de Camille,
& qui venoit d'arriuer à propos fuiuy de fes foldats. Profpere cependant auoit couru

apres son homme, qui fuyant
deuant luy à toutes iambes,
auoit mal-heureusement rencontré teste pour teste les Ar-
chers du guet, qui cette nuit là
suiuant leur coustume, mar-
choient par la ville pour en em-
pescher les desordres. Il leur
parut si estonné, & il se coupa
si souuent dans ses responces,
qu'ils l'auroient tousiours ar-
resté comme ils firent, quand
Prospere qui le poursuiuoit l'espée à la main, & qui se fit con-
noistre à eux, ne leur eust pas
commandé de la part du Roy
de le garder, & d'en répon-
dre.Il retourna trouuer le Roy,

& s'il fut d'abord estonné du
grand nombre de flambeaux
dont la rüe estoit esclairée, &
de voir le Roy qu'il auoit laissé
seul, si bien accompagné, il le
fut bien dauantage, d'apprendre ce qui s'estoit passé entre
le Roy & Roger, & de voir ce
fauory que toute la Cour ado-
roit, detesté de tout le monde,
& entre les mains des Gardes
qui l'alloient mener en prison.
Cette nuit là, le Roy ne vit
point Irene, parce qu'il voulut éuiter de voir Camille,
qu'il enuoya complimenter par
Prospere, & l'asseurer qu'il la
distinguoit d'auec son frere,

dont le crime ne diminueroit
point l'estime qu'il auoit pour
elle. Irene luy écriuit en faueur de Roger, & fit pour
obliger son amie, ce que les
instantes prieres d'vn Roy a-
moureux d'elle n'auoient pû
encore obtenir. Dés le iour
d'après, Roger fut interro-
gé, & fut trouué criminel de
leze-Maiesté, pour auoir eu
intelligence auec le Duc d'Anjou, qui auoit encore vn grand
nombre de Partisans dans le
Royaume. Il auoit esté infor-
mé par eux de l'ambition
sans bornes de Roger. Et luy
ayant fait offrir en mariage vne
Princesse

Princesse de son sang, auec des
auantages qu'il ne pouuoit pas
esperer de la faueur du Roy son
Maistre. Cét ingrat Fauory
manquant à sa foy & à son
honneur, deuoit receuoir les
François dans Cajette & dans
Castellamare, dont il estoit
Gouuerneur. Les mesmes Iuges qui le conuainquirent de
la trahison qu'il faisoit à son
Roy, découurirent aussi celle
qu'il auoit faite à la Princesse
de Tarente; & alors le Prince
de Salerne qui l'auoit fuye
quand il l'auoit veuë en disgrace, pour courir apres Camille, qu'il voyoit en faueur,

G

ne vit pas plutost le Roy se re-
pentir des mauuais traitemens
qu'il luy auoit faits, & se porter de luy-mesme à la remettre dans les honneurs & dans
les biens qu'on luy auoit iniu-
stement ostez, & mesme luy
en préparer d'autres, que ce
genereux Seigneur qui venoit
de demander au Roy Camille
en mariage, auec tant d'em-
pressement, le conjura de l'en
dispenser; de trouuer bon qu'il
pretendist encore en la posses-
sion de Matilde, & en attendant pria le Roy qui la vouloit
faire chercher, de luy en laisser
le soin, & de luy donner la

cōmission de l'aller trouuer où
l'on auroit nouuelle qu'elle feroit, pour la ramener à la Cour.
Le Roy auoit trop auāt dans ſ6
eſprit la belle Irene, pour ne ſō-
ger pas en ſon frere Hypolité,
& pour n'eſtre pas en peine de
ce que l'on n'en apprenoit aucunes nouuelles. Il enuoya des
Couriers par toute l'Italie, qui
auoient ordre de le chercher en
cherchant Matilde, & quand
ils l'auroient trouué, de le faire
reuenir à Naples. Il eſperoit par
là de témoigner à Irene cōm-
bien ſes intereſts luy eſtoient
chers, & combien il reſſen-
toit le déplaiſir qu'elle auoit de

nesçauoir pas ce qu'estoit deuenu vn frere qui luy estoit si cher.
Cét amoureux Cauallier apres
auoir long-temps cherché auec
grāde diligence & grand soin sa
Princesse exilée, sans la pouuoir trouuer, se laissoit aller
au hazard par tout où son cheual le vouloit conduire, ne
s'arrestant en pas vn lieu, qu'a-
lors que son cheual, & celuy
de son valet, & son valet mesme, qui ne prenoit pas tant à
coeur que luy la queste de la
Princesse de Tarente, auoient
besoin de repos. Pour luy, il
n'en prenoit non plus qu'vn
damné, & apres auoir passé les

iours entiers à soûpirer sur son
cheual, il passoit les nuicts en-
tieres à se plaindre aux arbres &
aux rochers des rigueurs & de
l'abséce de Matilde, & à quereller les astres innocés qu'il voyoit
souuét briller à sa grande com-
modité, puis qu'il choisissoit la
pluspart de ses gistes en plaine
campagne, à Ciel découuert.
Vn iour que la tristesse l'occu-
pa si fort, qu'il ne songea pas
que son valet & ses cheuaux
ne se repaissoient pas comme
luy de pensées amoureuses,
il se trouua au coucher du Soleil aupres d'vne Hostellerie solitaire, qui auoit plus la

mine d'eſtre vn rendez-vous de
Bandits, & vn coupe-gorge,
qu'vne retraitte de voyageurs.
Hypolite paſſoit outre, car les
amans ſont infatigables, quand
ſon valet l'aduertit que leurs
cheuaux n'en pouuoient plus
de laſſitude, & de faim,
ſans parler de luy-meſme,
qui auoit grand beſoin auſſi
de manger & de ſe repoſer.
L'amant deſeſperé voulut donc
mettre pied à terre : mais l'Hoſte qui eſtoit ſur le pas de ſa
porte auec ſa femme & vn
homme de mauuaiſe mine, qui
paroiſſoit vne maniere de ſol-
dat, luy dit fort rudement qu'il

n'auoit pas de chambre à luy
donner, & que les siennes
estoient pleines aussi bien que
ses Escuries. Hypolite consen-
toit assez à n'estre pas logé,
dont son valet se desesperoit,
quand le Soldat qui accompagnoit l'Hoste, apres luy auoir
parlé à l'oreille, dit à Hypolite
en Calabrois, qu'il n'auoit qu'à
descendre, & qu'il donneroit
de bon cœur sa chambre pour
loger vn si braue Cauallier qu'il
sembloit estre : & sur la diffi-
culté que fit Hypolite d'accepter vne offre si courtoise,
l'Hoste mesme qui venoit d'e-
stre si rude, luy alla tenir l'e-

strier pour l'ayder à deſcendre,
auec vn viſage radoucy, qui
témoignoit bien l'ame intereſ-
ſée du perſonnage. Hypolite
s'arreſta donc dans l'Hoſtellerie. Il ne voulut point manger,
& ayant ſeulement bû vn verre
d'eau (car l'amour altère) il
s'alla promener dans vn lieu
propre à entretenir ſa triſteſ-
ſe, qu'il auoit remarqué au-
près de l'Hoſtellerie. Son valet cependant ſe mit à table a-
uec l'Hoſte, ſa femme, & le ciuil Calabrois, qui auoit ſi obligeamment cedé ſa chambre à
Hypolite. Il mangea comme
vn homme affamé, & ne but

pasaütant qu'il le pouuoit faire , afin de pouuoir aller faire souuenir son Maistre de se venir coucher, ce qu'il estoit homme à oublier. Il l'alla chercher entre des rochers, où il le trouua s'excitant luy-mesme à la tristesse par la pensée du mauuais estar de ses affaires & de son amour, & le ramena dans l'Hostellerie, où l'on luy donna vne méchante chambre dont les lits estoient encore plus méchans, & dont la cloison receuoit le iour & le vent de tous les costez. Hypolite se iotta tout habillé sur vn lit, & son valet sur vn autre , où il

dormit à donner enuie à son
Maiftre qui ne dormoit point;
mais vn amant fe reprocheroit
vne bonne nuiɛt comme vne
mauuaife aɛtion. Il n'y auoit
pas long-temps que tout le
móde eftoit couché dans l'Hoftellerie, & que toute forte de
bruit y auoit ceffé, quand des
gens de cheual en troublerent
le repos, & frapperent à la
porte comme des perfonnes
qui auoient impatience d'entrer. L'Hofte qui s'eftoit leué au
grand bruit qu'ils auoient fait,
les recónut & leur ouurit bien-
toft la porte. A quelque temps

de là, Hypolite oüit ouurir vne
chambre voisine de la sienne,
dans laquelle plusieurs personnes entrerent, dont les vnes en
sortirent aussi-tost, & les autres qui y demeurerent, parlerent quelquefois ensemble. Les
affaires particulieres d'Hypolite ne luy laissoient pas grande curiosité pour celles d'autruy, & il n'eust point presté
l'oreille à ceux qu'il entendoit
parler, s'ils n'eussent haussé la
voix de temps en temps, & ne
luy en eussent fait remarquer
vne qu'il crût ne luy estre pas
inconnuë. Il écouta ces personnes qui parloient, sans bien

oüyr ce qu'elles difoient, & enfin il entendit diftinctement
ces paroles. Oüy , ma chere
Iulie , ie te le dis encore , peû
de perfonnes de ma condition
ont efté plus mal-traitées de
la fortune que moy. Elle me
fufcite des difgraces fans exemple ; mais quelques grandes &
fafcheufes qu'elles foient , elles
me font moins fenfibles que
l'ingratitude , dont le plus lâche de tous les hommes a payé
l'inclination que i'auois à l'aymer, & cette ingratitude qu'on
a euë pour moy , m'eft encore
vn moindre déplaifir que celle
que i'ay euë pour vn autre : je

me la reproche sans cesse à
moy-mesme, & i'en ressens des
remords plus cruels mille fois
à mon souuenir, que toutes les
pertes que ie vien de faire &
toutes les miseres qui m'acca-
blent. Vne autre personne qui
prit la parole parla si bas, qu'Hypolite n'oüit plus rien que quelques mots sans suite, qui estoiēt
souuent interrompus par des
soûpirs. Il se leua de dessus son
lict, & s'approcha de la cloison
qui separoit les deux chambres:
mais le bruit qu'il fit fut oüy
de ceux qu'il vouloit écouter,
& leur conuersation cessa, non
pas les soûpirs de cette person-

ne affligée , dont la voix luy
auoit semblé celle de Matilde.
On peut se figurer qu'il eut
grande impatience de sçauoir
s'il ne se trompoit point : pour
aller donc s'éclaircir d'vn doute si important, il estoit prest
de sortir de sa chambre, quand
tout à coup la porte s'en ouurit, & à la lumiere d'vne lan-
terne sourde , il y vit entrer
quatre hommes l'espée à la
main , entre lesquels il remar-
qua le soldat Calabrois , & le
Maistre de l'Hostellerie. S'il
fut surpris de voir ces hommes
dans sa chambre, qui n'auoient
pas la mine d'y venir auec vn

bon deſſein, ces hommes ne le
furent pas moins de ne le trouuer pas endormy, comme ſans
doute ils l'auoient eſperé. Hypolite mettant auſſi la main à
l'eſpée, leur demanda ce qu'ils
cherchoient dans ſa chambre
à telle heure, & en tel équipa-
ge, & il ne les vit pas plutoſt
ſe mettre en poſture de l'attaquer au lieu de luy répondre,
qu'il les chargea le premier d'v-
ne vigueur & d'vne adreſſe ſi
extraordinaire, qu'en vn mo-
ment il les fit ſortir de ſa chambre à grands coups d'eſpée. Son
valet cependant s'éueilla ; courut où le bruit l'appella , &

voyant son Maistre attaqué de
tant d'ennemis, le secourut a-
uec beaucoup de valeur, dans le
temps qu'ayāt desia blessé tous
ceux qui l'auoiēt attaqué, il en
étendit le plus dangereux à ses
pieds. Ces hommes se deffen-
doient en desesperez ; mais
quand ils auroient esté en plus
grand nombre qu'ils n'estoient,
ils n'auroient pû resister au vaillant Hypolite, secondé d'vn valet aussi courageux qu'estoit le
sien. Il tua encore vn de ses
ennemis, & les deux qui re-
stoient prirent la fuite. Le de-
pit d'auoir esté blessé legere-
ment en vn bras, l'emporta
apres

apres eux, & il y a apparence
qu'il en euſt deliuré le monde,
comme il auoit fait des autres,
ſi dans l'épouuante où eſtoient
ces méchans hommes, ils n'euſſent conſerué aſſez d'eſprit &
de precaution, pour franchir
preſque d'vn ſeul ſaut tout
l'eſcallier, & en fermer la porte apres eux. Hypolite fut occupé à l'enfoncer vn aſſez long
eſpace de temps, ce qui donna
celuy de ſe ſauuer aux deux
aſſaſſins, qu'il tâcha en vain
d'attrapper ſuiuy de ſon vallet.
Enfin il reuint dans l'Hoſtellerie. Il courut à la chambre où
il croyoit auoir oüy parler Ma-

tilde; il la trouua ouuerte, &
n'y vit personne, aussi bien
que dans tous les endroits de
la maison, qu'il visita auec
autant de soin que d'inquietu-
de. Fuluio, disoit-il à son vallet, i'ay oüy parler Matilde, ie
l'ay reconneuë à sa parole, &
il n'y a qu'vn malheureux comme ie suis, qui auroit manqué
de la trouuer apres l'auoir euë
si proche de soy. Il redisoit en
suite à Fuluio les paroles qu'il
auoit oüy dire à Matilde; il les
expliquoit à son auátage comme il auoit quelque raison de
le faire, & au lieu de s'en con-
soler, il en augmentoit son

affliction, se persuadant que la
fortune ne luy auoit fait ouïr
la voix de Matilde, que pour
luy rendre plus sensible le des-
plaisir de ne l'auoir point veuë,
& de ne sçauoir ce qu'elle estoit
deuenuë. Il alla chercher cette
Princesse dans tous les lieux
d'alentour, & il fut assez fou,
pour la reuenir chercher dans
toute l'Hostellerie, où il re-
trouua par tout yne grande so-
litude, si ce ne fut das l'Escurie,
d'où Fuluio tira quatre cheuaux, outre le sien & celuy de
son Maistre. Hypolite quitta
cette Hostellerie l'homme du
monde le plus inconsolable :

Fuluio luy propofa d'emmener les cheuaux de leurs affaf-
fins, comme eftant gagnez de
bonne guerre, & luy reprefen-
ta que peut-eftre ils trouue-
roient Matilde, & qu'ainfi ils
auroient de quoy la monter.
Hypolite noüit pas ce qu'il luy
dit, où ne daigna pas luy ref-
pondre, tant fes triftes pensées
le tenoient occupé. Fuluio
prit le filence de fon Maiftre
pour vn confentement, &
ayant attaché ces quatre cheuaux à la queuë des vns des autres, les toucha deuant le fien,
peut-eftre pour les vendre à la
premiere occafion. Ils marche-
rent vne partie du iour fans

qu'Hypolite ouurist la bouche
à toutes les questions que luy
fit Fuluio pour le diuertir de
sa tristesse : ils s'égarerent, &
s'engagerent dans vne longue
suitte de rochers steriles, qui
estoient escarpez du costé du
riuage de la mer, dont ils n'e-
stoient pas loin, & qui abou-
tissoient à vne plaine sablon-
neuse. Dans ces rochers, en vn
lieu où la mer auançoit dans la
terre, ils tomberent au sortir
d'vn détour dans vne troupe
de Païsans armez de toutes sortes de bastons & d'armes, qui
furent d'abort surpris de la
veüe inopinée de deux hom-

mes de cheual, fuiuis de tant de
cheuaux , fans Caüaliers : mais
les voyant en fi petit nombre,
& rendus plus affeurez par le
leur qui montoit à plus de cent
hommes, ils enuironnerent
tumultuairement ceux qui ve-
noiét peut-eftre de les effrayer,
& drefferent contre eux la
pointe de leurs armes roüillées.
Les vns crioyent qui va là ; les
autres qui viüe ; les autres tuë,
& les autres qui eftes vous.
Hypolite n'euft pû répondre à
tant de demandes qu'on luy
faifoit à la fois, & quãd il l'euft
pû, cette troupe confufe qui
faifoit vn bruit de Diable , ne

l'auroit pas oüy, Enfin vn vieillard d'affez bonne mine, qui fit
voir apres qu'il leur comman-
doit (car alors il n'en paroiffoit
rie) à force de crier, dont il luy
en coufta vne fafcheufe toux,
& mefme à force de battre, les
fit ceffer de parler haut, non
pas de murmurer enfemble; il
demanda paifiblement à Hypolite qui il eftoit & ce qu'il
cherchoit en vn lieu fi folitai-
re, & fi efloigné du grand chemin. Hypolite luy dit qu'il
eftoit vn Caualier Neapolitain,
& qu'il s'eftoit egaré dans le
chemin d'Ancone : il demanda à fon tour au Chef de ces

hommes armez à la haste, à
quel dessein il auoit assemblé
tant de monde, & il apprit de
luy que des Galeottes de Maures qui couroient la coste,
auoient mis à terre vn grand
nombre de soldats qui auoient
pillé quelques lieux voisins de
la mer, & qui par la facilité qu'ils
y auoient trouuée, & plus encore par l'ardeur de voller,
estoient imprudemment en-
trez dans le Païs. Il adjousta
que la pluspart de ces hommes qu'il voyoit sous les armes,
en auoient esté volez, &
s'estoient resolus sous sa conduite de les attendre, & de les

combattre, quand ils reuien-
droient chargez d'Esclaues &
de butins, d'vn village qu'ap-
paremment ils estoient allez
piller ; qu'ils auoient de necessité à tomber dans leurs mains,
n'y ayant que ce seul passage
de la mer à la terre, & que la
perte des biens ne portoit pas
tant ces Païsans à ce hardy dessein, que celles de leurs femmes & de leurs enfans. Hypolite leur offrit d'exposer sa vie
pour eux, & on le prit au mot.
Le vieillard luy ceda le com-
mandement, qu'il accepta, &
y fit consentir ses compa-
gnons, à qui la mine guerriere

d'Hypolite fut de bon preſa-
ge. On monta des quatre cheuaux, que le preuoyant Fuluio auoit amenez de l'Hoſtellerie, quatre des plus apparés,
dont le vieillard en fut vn. Hypolite partagea ſes hómes en
trois troupes:il en mit vne entre des rochers, où ils ne pou-
uoiét eſtre apperceus de leurs
ennemis, auec ordre de n'en
ſortir pas pour combattre, que
quád ils ſeroiét aux mains auec
eux:il en poſta vne autre dás vn
chemin eſtroit qui códuiſoit à
la mer, pour en empeſcher l'a-
bord'aux infidelles, & ſe mit
auec ſes hommes de cheual à la

teſte de la troiſiéme, exhortant
ſes gens à bien faire, & à ſe mes-
ler d'abort auec leurs ennemis
pour les empeſcher de ſe ſeruir
de leurs fléches. A peine ache-
uoit-il de donner ſes ordres,
aprés auoit poſté ſes gens , que
les ennemis parurent au nombre de cent cinquante hommes : ils faiſoient marcher au
milieu d'eux pluſieurs cheuaux
chargez de butin, & de femmes & d'enfans qu'ils auoient
faits eſclaues. Comme des ſol-
dats aguerris qu'ils eſtoient, ils
ne s'effrayerent point de voir
Hypolite & ſa troupe venir à
eux, ou peut-eſtre ils meſpriſe-

rent vn si petit nombre. Ie ne
m'arresteray point à vous dé-
crire vn combat de Corsaires
Maures & de Paysans ramassez,
quoy que les actions de valeur
qu'Hypolite y fit ayent bien
merité d'estre décrites. Ie vous
diray donc seulement que ses
ordres furent bien executez;
que les flêches des Maures furent renduës inutiles, par la
promptitude dont il les chargea, qu'il commença leur deffaite par la mort de leur Chef,
& l'acheua par celle des plus
vaillans des Maures. Les païsans acharnez firent main bas-
se autant sur ceux qui se defen-

dirent iusqu'au dernier soupir,
que sur ceux qui rendirent les
armes, quelque peine que prist
Hypolite de faire cesser le
massacre. Les morts furent re-
grettez autant que le permit la
ioye commune, & les blessez
banderent leurs playes. Hypolite receut mille loüanges &
autant de remercimens de ces
pauures gens qui croyoient
n'auoir vaincu que par luy. Et
dans le temps qu'il refusoit les
plus riches depoüilles des ennemis qu'ils luy offrirent, & qu'il
se deffendoit d'aller auec eux
pour s'y reposer apres sa victoire, & y estre regalé, Fuluio luy

amena deux femmes habillées
en Pelerines, dont l'vne n'euſt
pas pluſtoſt oſté de deſſus ſa
teſte vn grand chapeau qui luy
cachoit le viſage, qu'il la reconnut pour ſa maiſtreſſe Matilde.
Il deſcédit, ou pluſtoſt il ſe pre-
cipita de ſon cheual en bas, &
s'alla ietter aux pieds de cette
Princeſſe, qui l'embraſſa auec
des marques de tendreſſe qui
ne tenoient rien de ces proce-
dez deſobligeans, que la tyran-
nie du Prince de Salerne luy
auoit autrefois fait auoir pour
Hypolite. Ce fidelle Amant ne
pouuoit trouuer des façons de
parler aſſez fortes pour bié ex-

primer à Matilde la ioye qu'il
auoit de l'auoir trouuée : iamais il ne parla auec moins
d'eloquence, & iamais il n'eust
pû mieux persuader ce qu'il
vouloit, qu'il fit alors par le
desordre de son esprit, & en
ne sçachant quasi ce qu'il
vouloit dire. Il douta quelque temps s'il apprendroit à
Matilde les peines qu'il auoit
prises à la chercher, tant son extréme modestie le rendoit re-
serué à ne faire pas valoir ce
qu'il faisoit de loüable : il luy fit
pourtant enfin le fidele recit
de ses auantures, depuis qu'il
auoit quitté Naples pour la

chercher, & n'oublia pas ce
qui luy estoit arriué dans l'Hostellerie, où il croyoit l'auoir
oüy parler. Matilde luy témoigna beaucoup de ressentiment
de ces dernieres obligations
qu'elle luy auoit, & luy dit
quelle croyoit luy deuoir l'hó-
neur & la vie, puisqu'on deuoit
la deffaite des Maures à sa valeur & à sa conduite : Elle luy
auoüa que c'estoit elle qu'il
auoit eüë si pres de luy dans
l'Hostellerie; luy promit de luy
conter par quelle auanture elle
y auoit esté menée, & de luy
apprendre le recit des siennes,
quand elle en auroit le temps,
&

& qu'elle le pourroit faire
sans tesmoins. L'autre femme habillée en Pelerine qui
accompagnoit Matilde, estoit
vne de ses femmes de chambre appellée Iulie, qui seule
de ses domestiques auoit esté
assez fidelle à sa maistresse pour
vouloir suiure sa fortune, &
auoir part dans tout ce qui
luy pourroit arriuer. Il est à
croire que Fuluio & elle se
rejouyrent de leur costé de
l'heureuse rencontre, & ie
veux croire en mon particu-
lier qu'ils s'entredirent de
belles choses, & déployerent
leur Eloquence subalterne

I

(ſi j'oſe ainſi dire.) Les Payſans vainqueurs , qui furent
teſmoins de la recognoiſſan-
ce d'Hypolite & de Matilde,
redoublerent leurs offres à
Hypolite, qui ne fit plus dif-
ficulté de les accepter à cauſe
de ſa Princeſſe. Le vieillard
entre autres , dont ie vous
ay déſia parlé, qui auoit me-
né les Payſans à la guerre deuant qu'Hypolite les euſt
rencontrez , le pria & Matilde auſſi, qu'il euſt l'honneur
de les loger , ce qu'ils luy ac-
corderent. Il fit partir en diligence vn de ſes fils pour donner ordre à les bien receuoir

dans vne maison assez commode qu'il auoit dans le pro-
chain village. On se prepa-
ra au depart. Matilde & Iulie furent montées sur les
meilleurs Cheuaux qu'on
trouua. Entre plusieurs femmes qu'on deliura des mains
des Maures, Fuluio en re-
marqua vne qu'il crut auoir
veuë quelque part, & qui
euitoit ses regards comme si
elle l'eust connu, & n'eust
pas voulu en estre connuë.
Enfin il s'approcha d'elle, &
la reconnut pour la mesme
femme de leur hoste qui
auoit voulu les assassiner.

Il en alla auertir son Maistre,
apres auoir prié quelques vns
des Paysans de la garder. On
arriua dans le village au com-
mancement de la nuit. Hy-
polite & Matilde furent re-
çeus chez le vieillard qui deuoit estre leur hoste auec
tout le bon visage de personnes infiniment obligées,
& qui veulent faire paroistre beaucoup de recognois-
sance. Les Paysans du village
se retirerent dans leurs maisons pour aller se rejoüir de
leur victoire, & ceux des
lieux plus esloignez en prirent le chemin. Hypolite

fit venir deuant luy la femme de l'hoste, que Fuluio auoit fait arrester, & sur la moindre menace qu'on luy fit de la mettre entre les mains de la Iustice, elle auoüa que leur Hostellerie estoit vn rendez-vous de Bandits & de Volleurs ; que son mary auoit intelligence auec tous ceux du pays, & qu'il n'auoit d'abord refusé à Hypolite de le loger, qu'à cause que cette nuit là, il attendoit vn insigne volleur camarade du Calabrois qu'il auoit veu dans l'Hostellerie, pour conferer ensemble sur

vn vol qu'ils vouloient faire.
Elle apprit encore à Hypolite que fon Cheual & fon
equipage auoient donné dans
la veuë au Calabrois, & que
c'eftoit pour le voller la nuit
mefme que ce volleur, apres
auoir parlé à l'oreille à fon
mary, & l'auoir fait changer
d'auis, auoit cedé fa chambre à Hypolite. L'Hiftoire
ne dit point ce que l'on fit
de cette femme apres qu'on
eut appris d'elle ce qu'on en
vouloit fçauoir. Hypolite
& Matilde firent manger
auec eux, pour mieux cacher
leur condition, Fuluio & Iu-

lie, le vieillard, & toute fa
famille. Apres le repas (ie
ne fçay s'il fut bon ou mauuais) Matilde ne voulut pas
laiffer plus long-temps Hypolite dans l'impatience de
fçauoir fes auantures, & d'apprendre par quelle rencontre il s'eftoit trouué dans
l'Hoftellerie, & enfuite au
pouuoir des Maures. Apres
(luy dit-elle) que l'on m'eut
commandé de la part du Roy
de fortir de Naples, & que
par le grand credit de mes
ennemis, on ne me donna
que la nuit pour me mettre
en eftat d'obeir à vn ordre fi

rigoureux ; j'imploray l'affi-
ftance de ceux de la Cour
que ie croyois auoir obligez
à eftre mes amis, & i'efprou-
uay qu'ils ne l'auoient iamais efté que de ma fortune.
I'eus encore plus fujet de me
plaindre de mes Domefti-
ques qui m'abandonnerent
tous à la referue de Iulie.
Elle auoit vn frere marié
dans Naples qui fuft affez genereux pour quitter fa famille à la priere de fa fœur , &
me vouloir conduire où i'a-
uois deffein de me retirer.
Ce fut par fa diligence que
dés la nuit mefme qu'on

m'ordonna de sortir de Naples, ie fus en estat de partir deuant que le iour parust. Nos habits de Pelerins de Lorette nous rendirent mesconnoissables aux portes de la ville. Ie fis ce iour-là autant de chemin qu'en pouuoit faire vne ieune personne de mon sexe, qui n'estoit pas accoustumée à marcher, & nous continuasmes plusieurs iours nostre voyage sans auoir de mauuaises auantures. Hier vn peu deuant la nuit nous fusmes rencontrez dans vn passage estroit par trois hommes de Cheual qui auoient

fort mauuaile mine. Ie vou-
lus les euiter, & ie le fis auec
tant de precipitation & fi mal-
heureufement, que le pied me
manquant en vn endroit du
chemin vn peu éleué, ie tom-
bay dans les pieds des cheuaux
de ces hommes qui alloient
fort vifte. Vn grand chap-
peau qui me cachoit le vifage s'ofta de ma tefte ; ma coif-
fure fe deffit, & mes cheueux que j'ay fort grands &
en quantité s'efpandirent fur
mon vifage & fur vne partie
de mon corps, qui en fut toute
couuerte. Mon malheur voulut que ces hommes trouue-

rent en moy quelque chofe
qui ne leur déplut pas. Ils
parlerent enfemble ; mirent
pied à terre ; l'vn fe faifit de
Iulie , l'autre de moy , &
le troifiefme s'oppofa au frere de Iulie qui s'eftoit mis
en deuoir de nous deffendre,
& que nous vifmes bien-toft
apres tomber percé d'vn
grand coup d'efpée. Aprés
les malheurs qui me font ar-
riuez , & qui d'vne Princeffe
apparemmét heureufe m'ont
renduë la perfonne du monde la plus miferable ; i'ay fujet de croire que toute la
prudence & toute la precau-

tion humaine ne peuuent
rien contre la Fortune. Il la
faut laiſſer faire, & croire
que ſon inconſtance, qui nous
a fait ſentir ſa haine lors que
nous en deuions eſtre le plus
à couuert, nous pourra reprendre en amitié lors que
nous l'eſpererons le moins.
Auſſi me ſuis-je reſignée,
continua Matilde, à tout ce
que le Ciel voudra faire de
moy, & c'eſt auec cét eſprit
là que lors que ie me vis
arreſtée par ces hommes in-
connus, ie ne me fis point
faire de violence pour monter ſur vn de leurs cheuaux,

puis qu'ils m'y auroient mon-
tée par force, & que pour
estre entre leurs mains, la
mort m'en pourroit tirer
aussi tost que leur insolence
m'obligeroit à ce dernier
remede. Iulie à qui la perte de son frere faisoit jetter
de hauts cris, se laissa emmener à mon exemple, sans
cesser pourtant de s'affliger.
Nous arriuâmes la nuict dans
l'hostellerie où vous m'oüi-
stes parler. Vostre combat
contre ces voleurs nous trou-
bla d'abord extremément;
mais quand vous les eustes
poussez hors de l'hostellerie,

& que nous n'entendiſmes
plus de bruit, nous ſortiſmes
Iulie & moy de la chambre
où nous eſtions. La ſolitude
que nous trouuaſmes par
tout, nous fit prendre la
reſolution de nous ſauuer par
la porte d'vn jardin qui ſe
trouua ouuerte, la crainte
d'eſtre repriſes, nous fit aller
bien viſte. Nous marchaſ-
mes toute la nuict & vne
partie du iour, iuſques à tant
que l'ardeur du Soleil & no-
ſtre laſſitude nous arreſterent
entre des rochers qui ſont
proches d'icy, où nous trouuaſmes de l'ombrage, & où

nous fufmes trouuées endor-
mies par les Maures que vous
auez deffaits. Matilde acheua le recit de ses auantures
par de nouuelles proteſta-
tions qu'elle fit à Hypolite
de n'oublier iamais tout ce
qu'il auoit iamais fait pour
elle. Elle ne luy fit pas con-
fidence du lieu, où elle ſe
vouloit retirer, & il ne la
pria point de la luy faire.
C'eſtoit chez quelqu'vn de
ces petits Princes d'Italie,
dont ce pays-là abonde ; car
qui a de l'argent y deuient
Alteſſe. Il me feroit aizé
d'en choiſir vn à ma fantai-

sie, puis que l'Histoire ne
nomme point celuy chez
qui elle se retira : mais son
nom ne feroit nulle beauté
dans mon conte. Hypolite
s'offrit de la conduire où elle
auoit dessein d'aller ; elle ne
le voulut iamais permettre,
& fut pourtant forcée par
les instantes prieres du Caualier officieux, de prendre
son valet Fuluio, & des cheuaux pour elle & pour Iu-
lie. Ie n'attendriray point
le Lecteur du triste adieu que
luy dit Hypolite. Ie la lais-
seray aller à Ancone, où elle
vendit quelques pierreries,
&

& remeneray le pauure Hy-
polite aux mafures enfumées
de fa maifon bruflée, où il
arriua fans argent, & n'ayant
pour tout bien que le cheual qu'il montoit. A peine
y mettoit-il pied à terre qu'il
rencontra vn Gentil-homme
Neapolitain, qui alloit au hazard chercher Matilde, comme beaucoup d'autres que le
Roy auoit enuoyez par toute
l'Italie tâcher de la trouuer.
Il apprit de luy la difgrace
de Roger ; de quelle maniere l'innocence de Matilde
auoit efté reconnüe ; les ordres que le Roy auoit don-

K

nez pour la faire chercher,
& tout ce qui s'estoit passé
dans Naples, depuis qu'il en
estoit sorty, à la reserue de
l'amour violente que le Roy
auoit pour la belle Irene, qui
estoit connuë de tout le monde, & dont ce Caualier luy
fit secret par vn excez de
discretion, ou ie ne sçay pas
pourquoy. Vous pouuez pen-
ser qu'Hypolite, genereux
comme il estoit, & aymant
Matilde plus que soy-mesme,
eut vne extresme joye d'apprendre vn si grand change-
ment en sa fortune, quoy
qu'en mesme temps il apprist

que la sienne n'en estoit que
plus malheureuse, ce Caualier luy ayant asseuré que le
Roy auoit promis à Prospere
de luy faire espouser la Princesse aussi-tost qu'elle seroit
de retour à Naples. Cette
derniere nouuelle empescha
le malheureux Hypolite de
retourner à la Cour ; luy fit
haïr sa vie, & luy fit si bien
euiter l'abord de toutes sortes de personnes, qu'il fut le
dernier du Royaume, à sçauoir que sa sœur y estoit con-
siderée comme celle qui re-
gnoit absolument sur les volontez du Roy. Matilde ce-

pendant ne se trouuoit point, & quoy que le Gentil-homme qu'auoit rencontré Hypolite, allast à Ancone ou il luy dit qu'il l'auoit laissée, il n'en pût apprendre aucunes nouuelles, quelque diligence qu'il pust faire. Il courut vn grand bruit de la mort de cette Princesse, dont on conta mesme les circonstances, & ce bruit vint iusqu'à Hypolite qui en fut malade à l'extremité. Enfin son corps reprit vn peu ses forces malgré son esprit malade. Il se promenoit quelquefois à cheual le long du

riuage de la mer, & ce fut
en vne de ſes triſtes prome-
nades, qu'apres auoir fait pluſieurs reflections ſur les malheurs de ſa vie, il ſe reſolut
de l'aller finir dans la guerre
que les Princes Grecs auoient
alors à ſouſtenir contre les
Turcs, qui de l'Aſie com-
mençoient deſia à s'eſtendre
dans l'Europe. Matilde enfin fut trouuée, & Hypolite
en fut ſi aiſe, qu'il donna ſon
cheual, le ſeul bien qui luy
reſtoit dans le monde, à celuy qui luy en dit la nouuelle. Le iour meſme ſon va-
let Fuluio le reuint trouuer,

& fut bien estonné de voir
son Maistre extraordinaire-
ment triste, & en fort mauuais equipage, en vn temps
où l'on ne parloit par toute
l'Italie que du grand pouuoir
que sa sœur Irene auoit sur
le Roy, & de l'amour qu'il
auoit pour elle. Il apprit à
Hypolite le nom du Prince
chez qui Matilde s'estoit reti-
rée ; de quelle maniere Prospere estoit venu la trouuer
de la part du Roy pour la ramener à Naples ; & suiuant
la bonne coustume des va-
lets de se haster tousiours
d'apprendre vne mauuaise

nouuelle à leurs Maiſtres, il
exagera au ſien la joye que
Matilde auoit fait paroiſtre
en voyant Proſpere, & les
teſmoignages d'affectió qu'elle luy auoit donnez. La paſſion qu'elle a pour luy,
ajouſta ce vallet indiſcret, a
eſté iuſques là, qu'elle a arboré
de nouueau cette vieille Capeline de plumes, dont ſon
Proſpere luy fit autrefois preſent ; qu'il luy auoit ſi ſouuent reprochée, & qui eſtoit
ſi connüe dans Naples par les
railleries que toute la Cour en
fit. Ie ne ſçay, continuat-il, où
diable elle l'auoit miſe, pour

la retrouuer si à propos , &
il faut croire qu'elle luy estoit
bien chere.   Le bon Fuluio
s'emporta en suite à pester
contre la Princesse de Tarente
auec trop d'apreté, mais Hypolite le fit taire, & peut-estre
qu'il l'eust battu s'il eust con-
tinüé à n'en parler pas auec
tout le respect qu'il luy deuoit.   Fuluio dit encore à
son Maistre, que la Princesse
le prioit de venir au deuant
d'elle. Quoy! s'ecria Hypolite, ne m'afflige-t-elle pas assez en ne m'aymant pas, sans
vouloir aussi m'affliger en
me faisant voir combien

elle en ayme vn autre ? &
veut-elle careſſer Proſpere
deuant moy ? pour luy donner le plaiſir de me voir
mourir de douleur, comme
ſi ma mort ſeule manquoit
à leur felicité pour eſtre par-
faite. Mais, continua Hy-
polite, il luy faut obeïr, &
voir iuſqu'où ira ſon iniuſti-
ce. Il eſtoit en belle humeur
de ſe plaindre, & il y a apparence qu'il s'en fuſt auſſi
bien acquitté qu'il en auoit
de ſujet, quand il vit paroiſtre vn gros de Caualle-
rie, que Fuluio luy aſſeura
eſtre la Princeſſe de Tarente,

qui a deſſein de voir Hypolite auoit pris ſon chemin par
ſa maiſon, où elle eſperoit le
trouuer. Encore que le Roy
luy euſt enuoyé ſes caroſ-
ſes, elle auoit voulu entrer
dans Naples à Cheual. Proſpere, guindé ſur le ſien comme vn Creat d'Academie, &
couuert de plumes comme
vn Roy d'Inde, eſtoit à ſon
coſté. Il entretenoit ſa
Princeſſe de propos dou-
cereux, & de temps en
temps luy chantoit metodi-
quement des chanſons amou-
reuſes. Hypolite chagrin,
& mal en ordre comme il

estoit, eust bien voulu ne
paroistre pas aux yeux de
Matilde & de son Riual, &
euiter l'abord de tant de
monde : mais Matilde qui
le reconnut de loin, peut-
estre à cause de Fuluio qui ne
venoit que de la quitter,
poussa son cheual iusqu'à
luy ; & Prospere & le reste
de la trouppe en firent de
mesme. Matilde reprocha à
Hypolite le plus obligeamment du monde, qu'estant le
meilleur de ses amis, il n'e-
stoit point venu au deuant
d'elle, comme auoient fait
les plus honestes gens de la

Cour & de la ville. Hypo-
lite luy jura qu'il ne venoit
que d'apprendre son heureux
retour, & adjousta, que quand
il l'auroit sçeu, il n'auroit
pas esté au deuant d'elle, &
auroit eu peur, malheureux
comme il estoit, de troubler
la joye publique. Matilde
luy protesta qu'il auroit troublé la sienne, si elle ne l'eust
pas trouué. Elle le conjura
de venir prendre part en sa
bonne fortune, comme il
l'auoit tousiours prise dans
toutes ses aduersitez; & adjousta, qu'ayant fait dessein
de se marier, par ce qu'elle

auoit reconnu par de faf-
cheufes experiences qu'vne
ieune Princeffe fans Parens
auoit befoin d'vn mary puif-
fant qui la protegeaft, &
qu'ayant defia jetté les yeux
fur celuy qu'elle vouloit faire Prince de Tarente, elle
fouhaitoit qu'il luy fit l'honneur d'affifter à fes noces,
qu'elle ne vouloit pas faire
fans luy. Profpere comme
ayant le principal intereft
dans l'affaire, joignit fes
prieres à celles de fa Maiftref-
fe, & contre fa couftume
parla fort ciuilement à fon
Riual, & luy fit toutes fortes

de careſſes. Vn malheureux
inconſolable explique toutes
choſes à ſon deſauantage,
comme vn malade deſeſperé
tourne en poiſon toute ſorte
de bons alimens. Hypolite
prit les ciuilitez & les parolles de Matilde pour de nouuelles cruautez qu'elle vouloit exercer ſur luy. Il ne
pouuoit comprendre com-
ment elle auoit le cœur aſſez dur pour le vouloir faire
ſpectateur de la ceremonie
de ſes noces. Il ne ſçauoit
que luy répondre, & la re-
gardoit auec eſtonnement.
Son fidelle Fuluio en eſtoit

auſſi ſcandaliſé que luy ; il
en maudiſſoit ſa vie derriere
ſon Maiſtre , & s'approchant
de ſon oreille , il luy diſoit
tout bas , & jurant Dieu,
qu'il n'y allaſt point , & que
Matilde eſtoit vne effrontée
de le prier de ſes noces auec
Proſpere. Matilde cepen-
dant redoubloit ſes prieres
auec tant d'inſtances qu'Hypolite ne la pût refuſer. Elle
voulut qu'il montaſt à l'heure meſme ſur vn cheual qu'on
luy preſenta , & il ſe peut
faire qu'alors il n'auoit pas
meſme des bottes. Voila
donc Hypolite à cheual fort

descontenancé , & de fort
mauuaiſe humeur, à coſté
de Matilde , qui eſtoit entre
luy & Proſpere. La Princeſſe
continua de luy parler touſiours fort obligeamment ;
elle exagera les obligations
qu'elle luy auoit , & fit le
recit à tous ceux qui eſtoient
aſſez prés d'elle pour l'enten-
dre , de toutes les actions de
valleur qu'Hypolite auoit
faites, & contre les volleurs
qui l'attaquerent la nuit , &
contre les Maures qu'il atta-
qua de iour, quoy que les
plus forts en nombre , auec
vne petite troupe de Payſans
mal

mal aguerris. Elle fut in-
terrompuë par Prospere, qui
hors de propos luy conta de
quelle vi:esse, la nuit que
Roger fut pris, il auoit pour-
suiuy ce Calixte dont nous
vous auons parlé, qui estoit le
confident des intelligences
que ce premier Ministre
auoit auec les ennemis de
l'Estat. Matilde ne luy donnoit pas grande attention,
& adressoit tousiours sa parole à Hypolite, quoy qu'il
ne luy respondist presque
pas a tout ce qu'elle luy di-
soit. Mais Prospere à force
de recommancer souuent le

L

mefme difcours fe faifoit ef-
couter en defpit qu'on en
euft : il ne déparloit point, fi
j'ofe ainfi dire, & à tous les
objets qui fe prefenterent, &
fur toutes les chofes qui fe
dirent, il fit toufiours entrer
dans la conuerfation le feruice
important qu'il auoit rendu
à l'Eftat & à Matilde en
courant apres Calixte. Il
euft mortifié plus long-
temps la compagnie de ce
bel exploit, fi le Roy n'euft
paru, fuiuy de tout ce qu'il y
auoit de plus beau de l'vn &
de l'autre fexe, dans la Cour
& dans la ville. Profpere

pour se faire de feste, piqua
vers le Roy, sans sçauoir
pourquoy ; reuint vers Matilde auec aussi peu de raison,
& la presenta au Roy, quoy
qu'il n'en fust nullement de
besoin. Elle en fut reçeüe
autant bien qu'elle le pouuoit souhaitter. Il luy fit
des excuses de tout ce qui
s'estoit fait de violent contre
elle ; en accusa Roger, &
pour reparer les torts que ce
fauory disgracié luy auoit
fait faire, luy donna vn des
plus beaux Comtez du
Royaume. Matilde remer-
cia le Roy auec beaucoup

d'humilité, & encore plus
d'esprit. Ie n'entreprendray
point icy de vous redire à
peu prés les beaux compli-
mens que luy inspira sa re-
connoissance. Ie vous diray
seulement qu'ils furent ad-
mirez de l'assistance & mesme applaudis, à ce que
m'ont asseuré des gens dignes
de foy. Prospere se mesla
aussi de remercier le Roy
pour elle, & ne dit quasi que
ce qu'elle auoit desia dit. Irene cependant estoit allée à
Hypolite qu'elle reconnut
derriere les plus pressez, &
se voyant à couuert des yeux

du Roy, s'estoit iettée au cou
de ce cher frere, qui luy
auoit tant fait verser de lar-
mes, & qui lors luy en fit verser
encore. Hypolite qui aymoit
Irene autant que le meritoit
vne sœur si aymable, luy
fit des caresses capables d'at-
tendrir ceux des spectateurs
qui eussent eu l'ame du dernier dur, tant la sienne fut
alors du dernier tendre, pour
parler à la mode. Le Roy
qui ne vit plus Irene, & qui
ne pouuoit pas estre long-
temps sans elle, la chercha
des yeux dans la presse, &
l'ayant apperceüe auec son

frere, son impatience a moureuse le fit aller vers elle. Il
ne traitta point Hypolite
comme vn simple sujet quand
elle le luy presenta. Matilde,
Camille, Prospere, & tout
ce qu'il y auoit de personnes de condition, s'estant ap-
prochez du Roy, remarque-
rent qu'il parloit à Hypolite
d'vne maniere, qui fit dés-
lors iuger aux plus penetrans
de la trouppe que ce Caualier n'alloit pas estre mal en
Cour. Mais tout le bon visage
que le Roy luy put faire, n'osta
pas au sien l'air triste que luy
donnoit la gayeté de celuy de

son riual, qui paroissoit si
content qu'il en faschoit
tout le monde. Cependant,
le Soleil qui donnoit bien
fort sur cette noble assistance, y eschauffoit bien des
testes, & sur tout celles qui
estoient chauues. Tous les
moucherons du riuage ; les
mouches des lieux voisins ;
celles qu'auoient apporté de
Naples les cheuaux de la
troupe du Roy ; celles qu'ap-
portoient de plus loin ceux
de la trouppe de Matilde ;
enfin tous ces insectes aislez
qu'on peut appeller les Para-
sites de l'air, incommo-

doient beaucoup les viſages;
tourmentoient cruellement
les cheuaux ; ces cheuaux
ne tourmentoient pas moins
ceux qui les montoient , &
de ces cheuaux, les plus ex-
poſez aux mouches eſtoient
ceux qui auoient le moins
de queüe. Les paraſols ga-
rantiſſoient à la verité ceux
qui en auoient de l'ardeur
du Soleil , & non pas de la
reuerberation de la terre
bruſlante , & de quantité de
pouſſiere que le Ciſtole Dia-
ſtole des poulmons, vulgaire-
ment la reſpiration, faiſoit
entrer dans les gorges de

tout le monde, & du Roy
meſme. En vn mot la pla-
ce n'eſtoit pas tenable : mais
pour le malheur des plus
mal-traittez du Soleil & des
mouches, le Roy ne s'en-
nuyoit iamais où eſtoit Irene, & n'auoit pas encore
dit à Matilde tout ce qu'il
luy vouloit dire. Il luy parla donc aſſez haut pour eſtre
oüy des perſonnes qui l'en-
uironnoient, en ces meſmes
termes ; car on me les a fi-
dellement rapportés, parolle
pour parolle. Belle Prin-
ceſſe, apres les perſecutions
que vous auez ſouffertes ſous

mon regne , & en quelque
façon par mes ordres; apres
toutes les pertes que vous
auez faites , vous n'auriez
pas sujet d'estre satisfaite de
moy , & ie n'en serois pas sa-
tisfait moy-mesme , si ie ne
m'efforçois de tout mon
pouuoir de contribuer à vostre felicité autant que i'ay
fait autrefois à vos infortunes. Ce ne m'est donc pas
assez de vous auoir declarée
innocente, de vous auoir fait
rendre tout ce qu'on vous
auoit osté, & de l'auoir aug-
menté de mes bien-faits , si
ie ne vous faisois consentir

au deſſein que le Prince de
Salerne à de vous eſpouſer.
C'eſt par le preſent que ie
vous fay de ce Prince, que ie
croy m'acquitter enuers vous
d'vne partie de ce que ie vous
doy , & c'eſt par vous que je
croy le récompenſer des ſeruices importans qu'il a rendus à cét Eſtat. Ha , Sire !
luy dit Matilde , que voſtre
Majeſté prenne garde que
pour vouloir eſtre iuſte à
Matilde , elle ne le ſoit pas à
Proſpere. La reconnoiſſan-
ce à ſes excez auſſi bien que
l'ingratitude. Vous ne don-
neriez pas à Proſpere tout

ce qu'il merite, en ne luy
donnant que Matilde, & en
me donnant ce grand Prince
de Salerne, vous me donne-
riez plus que ie n'ay merité.
Ie suis satisfaite de vostre
Majesté autant que ie la puis
estre, & ces derniers tes-
moignages de sa bonté que
m'ont attiré mes infortunes,
me les rendent si cheres
qu'elles seront desormais les
plus agreables pensées de
mon esprit. Mais, Sire! con-
tinua-t-elle, si vostre Majesté
est si religieuse à payer ce
qu'elle croit deuoir, & puis
qu'vn sujet se doit regler aux

bons exemples que luy donne fon Roy, voftre Majefté
ne me permettra-t-elle pas,
à cette heure qu'elle me
met en eftat de pouuoir
m'acquitter, de le faire fans
attendre dauantage, & de
payer de la façon que i'ay
efté feruie. Approchez-vous
donc braue Hypolite, dit
elle â ce Caualier, en fe tour-
nant vers luy, & venez vous
loüer de ma reconnoiffance,
apres auoir eu fi long-temps à
vous plaindre de mon ingratitude. Ie vous doy vne
amour de plufieurs années
qui ne s'eft point refroidie

par mes mespris. Ie vous
doi, outre les despences que
cette constante passion vous
a fait faire ; outre la plus
grande partie de vostre bien
que vous auez employé à
souftenir ma querelle, vostre
belle maifon qui a esté bruflée à cause de moy. Ie croy
vous deuoir mon honneur
& ma vie, qui estoient en
danger entre des volleurs &
des Maures, & ie vous doy
auffi la vie que vous hazar-
dastes pour m'en tirer. Ie
m'acquitteray, genereux Hypolite de toutes ces obligations ; mais celles que i'ay

à Profpere , comme les plus
anciennes foat les plus pref-
fées, & doiuent aller deuant
celles que ie vous ay. Hypolite paflit à ces dernieres parolles de Matilde , & rougit
auffi-toft d'auoir paffi. Profpere le regarda en fouriant,
& fe radoucit d'vne tres
amoureufe maniere en re-
gardant Matilde qui luy parla en ces termes. Prince de
Salerne ! vous m'auez voulu
faire croire que vous m'ay-
miez dés mon enfance ; auffi
m'auezvous toufiours traittée
en enfant. Vous vous eftes
fait craindre à celle que vous

appelliez voſtre petite Maiſtreſſe , & vous l'auez touſiours amuſée de fleurettes &
de chanſons , ou accablée de
reproches & de reprimman-
des , dans le temps meſme
qu'elle attendoit de vous de
plus importans ſeruices. Enfin la plus grande marque
d'amour que vous luy ayez
iamais donnée a eſté vn
bouquet de vos vieilles plumes qu'elle vous promit de
garder , & elle vous a tenu
parolle. Elle oſta alors de ſa
teſte la Capeline, dont Proſpere lui auoit autresfois fait
vn preſent , & la luy preſen-
tant,

tant ; dans le temps, pour-
fuiuit-elle, que ie m'acquitte
auec vous, en vous rendant
des parolles & des plumes
pour celles que vous m'auez
données, ie me donne à Hypolite , & le fay Prince de
Tarente , pour m'acquitter
auec le plus genereux de
tous les hommes, en qui i'ay
trouué PLVS D'EFFETS QVE
DE PAROLLES. En ache-
uant de parler, elle donna à
Profpere fa fatale Capeline
d'vne main, & de l'autre elle
prit celle du defefperé Hypolite, qui deflors ceffa de l'e-
ftre, & qui ne s'attendoit

M

non plus à ce bon-heur inef-
peré, que Prospere à sa Capeline. Le Roy aussi bien
que sa Cour n'en fut pas peu
surpris ; mais l'interest d'Irene & la iustice qui se trouuoit dans l'action de Matilde,
la luy fit approuuer, & les
loüanges qu'il en donna en
mesme temps à cette Prin-
cesse, retinrent dans son deuoir le Prince de Salerne,
qui rouge de honte & de
confusion, ne sçauoit quel
party prendre ; & on peut
croire que sans la crainte
qu'il eust de déplaire à son
Maistre, il se fust emporté

contre Matilde felon fa bonne couftume, fi l'intereft de
fa fortune n'euft preuallu fur
fon orgueil naturel. Le Roy en
eut pitié, & luy prefentant
Camille, apres s'eftre quelque
temps entretenu en fecret
auec elle, & auec Irene, il
dit à Profpere, qu'vne fi belle
perfonne auec tout le bien
qu'auoit autrefois poffedé
fon frere Roger, le deuoit
bien confoler de la perte de
Matilde. Toute la Cour cependant s'empreffoit à felici-
ter cette Princeffe du iufte
choix qu'elle auoit fait
d'Hypolite, & à tefmoigner

à cét heureux Amant, la part
qu'elle prenoit dans sa bonne
fortune. Ils estoient bien
empeschez l'vn & l'autre à
fournir à tous les compli-
mens qu'ils auoient à faire
sur le sujet, & à la longue,
ils fussent tombez dans des
redittes : mais le Roy vint
à eux fort à propos pour les
tirer de peine. Belle Princesse, dit-il à Matilde, vous
m'auez appris qu'il se faut acquitter quand on le peut faire. Ie m'acquitte donc enuers Irene de ce que ie dois à
sa beauté, & à sa vertu, &
la fay aujourd'huy Reyne

de Naples. Cette declara-
tion du Roy si peu attenduë,
fit vn effet sur toute l'assistance tel que l'on se le peut ima-
giner, & la surprit bien dauantage que n'auoit fait celle de Matilde. Irene se iet-
tant aux pieds du Roy, luy
tesmoigna par son respect &
par son silence, son humilité
& sa resignation. Le Roy
la releua en luy baisant la
main, & la traitta deslors
comme il auroit fait la plus
grande Reyne du monde.
Toutes ces auantures surpre-
nantes occupoient si fort
les esprits de tout le monde,

que les plus incommodez de
la chaleur ne s'en plaignoient
plus. On reprit le chemin
de Naples, où toutes sortes
de rejouïssances commence-
rent, en attendant les pre-
paratifs des Noces du Roy,
qui fit differer celles d'Hypolite & de Matilde, de
Prospere & de Camille, afin
qu'vne mesme iournée fust
signallée par ces trois illu-
stres mariages. Le Roy ne
se repentit iamais d'auoir
choisi Irene pour sa femme.
Matilde qui estoit d'vne si
aymante maniere, qu'elle
auoit aymé Prospere plus

qu'il ne meritoit, par la seule raison qu'il s'estoit presen-
té le premier à en estre aymé, ayma Hypolite autant
qu'il estoit aymable, qui de
son costé l'ayma autant mary
qu'il auoit fait galant. La
seule Camille fut malheureuse auec Prospere : elle n'osa
le refuser de peur de desplai-
re au Roy, qui auoit promis
à Irene de ne punir Roger
que d'vn simple bannisse-
ment, & ainsi pour sauuer
la vie à son frere, elle rendit la sienne malheureuse,
espousant vn Prince auare,
impertinent & jaloux, qui

fut toute sa vie la risée &
le mespris de la Cour de Naples.

FIN.

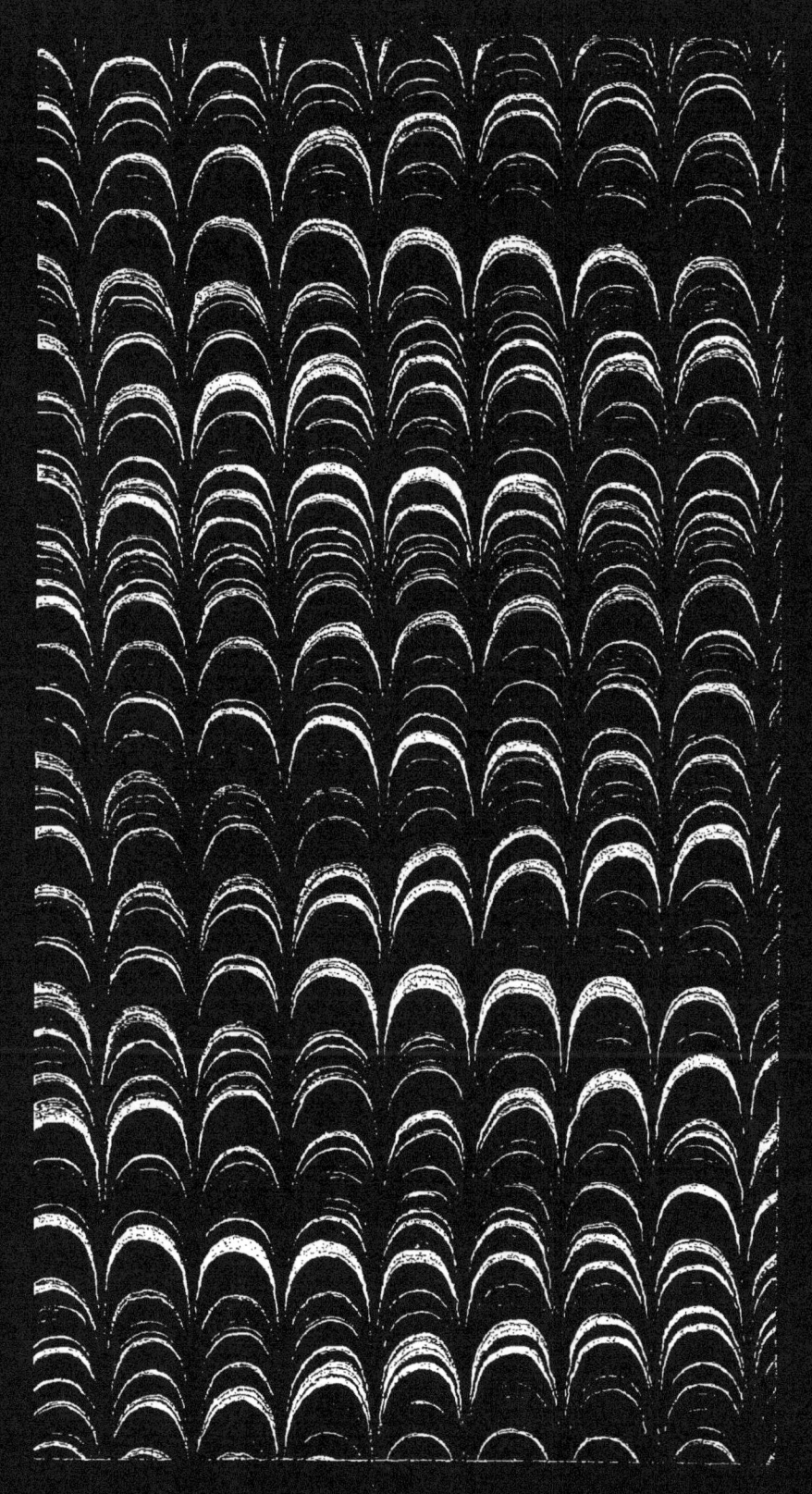